Angie Pfeiffer

... und jetzt gehe ich eine rauchen!

AF206587

# Angie Pfeiffer

# ... und jetzt gehe ich eine rauchen!

Deutsche Erstausgabe 2018
© by Angie Pfeiffer
Copyright-Hinweis:
Die Texte sind urheberrechtlich geschützt.
Nachdruck und Vervielfältigungen, auch aus-
zugsweise, bedürfen der schriftlichen Zustim-
mung der Autorin.
Herstellung und Verlag:
BoD – Books on Demand, Norderstedt
ISBN: 9783748148319

*... und jetzt gehe ich eine rauchen*

*Das Vater - Tochter Gespräch*
*oder Sex mit 16*

*Freiheit, die ich meine*

*Alles Öko - oder was*

*Umweltschutz 1950*

*Die Bierfalle*
*und andere Mordmethoden*

*Ein  Akt der Tierliebe*

*Es lebe das Homeshopping*

*Gesundheitscheck*

*Sie haben Post*

*Der Weihnachtsmann als Einbrecher*

*Männerhort*

*Mindestens alle zwei Tage ...*

*Über Nacht gealtert?*

## und jetzt gehe ich eine rauchen

Mit Mühe unterdrücke ich ein Gähnen, was mir einen missbilligenden Blick der dicklichen Lehrerin einbringt. Diese Frau sieht alles. Ich bin froh, dass mein Sohn in ihre Klasse geht und nicht ich. Vier Kinder, das macht eine Menge Elternsprechtage, denke ich und seufze. Schon wieder trifft mich der strenge Blick. Was würde ich jetzt für eine Zigarettenpause geben ...

Ich hole tief Luft, was ein Fehler ist, denn die unterschiedlichsten Parfümwolken haben sich zu einem Geruchsgemisch vereinigt, das mich in eine Art Trance versetzt. Die Muttis der ersten Klasse haben sich eben chic gemacht. Ganz anders als ich. Als Mutter von vier Söhnen bin ich kampferprobt und abgehärtet. Elternsprechtage sind jetzt nicht so der Grund für mich, um mich ins kleine Schwarze zu schießen, in Parfüm zu baden und anschließend bei der zuständigen Lehrkraft herumzuschleimen. Das ist nichts für mich.

Während die meisten Mütter die Lehrerin zu Beginn der Veranstaltung umringten, sie mit Fragen bombardierten und sich Notizen machten, hatte ich mich auf einen der Tische gesetzt, mich aber nach einem bösen Blick der Lehrerin lieber auf einen der kleinen Stühle gequetscht, so ganz ohne Aufforderung. Die anderen Mütter sind nach und nach meinem Beispiel gefolgt.

Jetzt sitze ich immer noch auf dem Stuhl, mit eingeschlafenem Hinterteil. Ich beobachte fasziniert, wie sich ein Speichelfaden zwischen den Lippen der Lehrerin in die Länge zieht, wenn sie spricht. Und sie spricht andauernd! Ich kann den Blick nicht abwenden. Der Faden ist super elastisch, reißt nie ab.

Inzwischen wird eifrig diskutiert. Einige der Mamas möchten Sitzbälle anschaffen, für eine gesunde Sitzhaltung. Eine andere Gruppe widerspricht und will lieber mal mit den Kindern in den Zoo. Ein Vater, der sich zum Elternsprechtag verirrt hat, will den Klassenraum in lustig bunten Farben anstreichen, damit er freundlicher aussieht. Die Lehrerin ist der Meinung, dass die Kinder zu viel fernsehen. Schon ist ein neues Diskussionsthema gefunden, Gewalt im Fernsehprogramm.

Die Augen fallen mir fast zu. Außerdem muss ich unbedingt eine rauchen. Ich beschließe raus zu gehen, wenn der Speichelfaden im Mund der Lehrerin innerhalb der nächsten zehn Minuten reißt. Falls er hält, werde ich mich an der Diskussion beteiligen.

Tom und Jerry sind jetzt im Kreuzfeuer der Kritik. Ich lerne, dass sie gewaltbereite, mordlüsterne Biester sind, welche die Jugend verderben.

Die Lehrerin lächelt, doch das Speichelding zieht sich noch mehr in die Länge, reißt immer noch nicht. Ein zähes Teil ist das.

Die mollige Pädagogin stellt die Frage, ob die Kinder nicht lieber stilles Wasser trinken sollten. Saft hat zu viele Kalorien, sagt sie. Mitten im Satz wird sie unterbrochen, denn eine Helikoptermama beklagt sich, dass die Pausen nicht aktiv gestaltet werden.

Ich linse auf meine Uhr. Die zehn Minuten sind um, ich habe verloren, muss diskutieren.

So stehe ich auf: „Mein Sohn verabscheut stilles Wasser und ich auch", sage ich mit fester Stimme. „Und ich bin der Meinung, dass die Kinder Bilder malen sollen um den Klassenraum zu verschönern. Ach ja, Sitzbälle in einer Klasse, das ist bescheuert."

Die dicke Lehrerin starrt mich mit offenem Mund an. Da - der Speichelfaden ist weg, vermutlich endlich gerissen.

Ich grinse sie an. „Tom und Jerry finde ich übrigens cool. Die habe ich mir schon angeschaut, als ich ein Kind war und es hat mir nicht geschadet. Jedenfalls nicht sehr. So, und jetzt gehe ich eine rauchen."

Mit diesen Worten steuere ich die Tür an. Selten habe ich mich so klasse gefühlt, wie nach dem Abgang.

Allerdings muss ich, nachdem ich geraucht habe wieder zurück in die Klasse.

Mist! Sie haben mir in meiner Abwesenheit eine Strafe aufgebrummt. Sie haben mich zur Elternsprecherin gewählt ...

## Das Vater - Tochter Gespräch oder Sex mit 16

Die beste aller Ehefrauen hatte sich mit ihrer Freundin zum Kaffee verabredet. Sven wusste nichts mit sich anzufangen und beschloss, den Nachmittag damit zu verbringen, sich ungestört durch alle Sportkanäle zu zappen.
Hoffnungsfroh betrat er das Wohnzimmer. Auf dem Sofa entdeckte er Lia, die Stöpsel im Ohr, das Smartphone vor den Augen. Einen Augenblick betrachtete er sein Töchterchen wohlgefällig. Lia, sechzehn Jahre jung, ansatzweise eine Frau. Gestern noch saß sie mit einem vollgesabberten Lätzchen vor der Brust auf dem Wohnzimmerteppich und verschönte ihn mithilfe diverser Filzstifte. Damals war sie mit allen Problemen zu ihm gekommen und hatte ihm vorbehaltlos geglaubt.*
Heute trug sie all zu kurze Shorts und Tops, die gnadenlos eingelaufen zu sein schienen. Darunter Pushup und String, aber das wollte er sich nicht vorstellen.
*Siehe die Kurzgeschichte ab Seite 54 „Der Weihnachtsmann als Einbrecher".

Sven seufzte. Einen Moment hatte er nicht hingeschaut und schon schien das Leben halb vorüber, das Kind fast erwachsen zu sein.

Er setzte sich neben seine Prinzessin.

Wie lange war es her, dass er ganz entspannt mit ihr gesprochen hatte? So von Papi zu Lialein. Er dachte nach. Das musste wohl gewesen sein, als sie in der Schulaufführung von unserer kleinen Farm die Erbsenschote gespielt hatte. Sven beschloss, dass dies eine gute Gelegenheit war, um die Vertrautheit wieder herzustellen.

„Hi, Prinzessin, alles easy?", begann er mutig.

Lia schaute ihn verständnislos an, schüttelte den Kopf und verdrehte die Augen.

Sven ließ sich nicht irritieren. Kurzentschlossen zog er einen Stöpsel aus ihrem Gehörgang.

„Alles easy?", versuchte er noch einmal den artgerechten Einstieg in ein Gespräch.

Lia maß ihn mit einem forschend irritierten Blick, der einem Drogenscreening gleichkam.

„Alles ... easy? Dad?"

Sven lächelte sie wohlwollen an. „Was machst du so?"

„Was ich mache? Ich liege auf dem Sofa."

Schweigen machte sich breit, doch Sven gelang es, die Kurve zu kriegen. „Und dein Freund? Was macht der?" Fieberhaft überlegte er, wie der junge Mann hieß.

,Der komische Knabe heißt wie der amerikanische Schriftsteller, 1916 gestorben', fiel ihm spontan ein. „Henry", strahlte er. „Wie geht es Henry?"

Lia runzelte die Augenbrauen. „James! Er heißt James."

„Weiß ich doch, James!"

„Na ja, der kommt heute Abend hier her. Aber wir gehen gleich in mein Zimmer", fügte Lia sicherheitshalber hinzu.

Sven schluckte. „Sag doch mal - wie lange kennt ihr euch eigentlich schon? Ein halbes Jahr?"

„Länger. Ganz genau 10 Monate, 320 Tage und", ein Blick auf die Uhr, „8 Stunden."

„Das ist verdammt lange. Was macht ihr denn so, wenn ihr in deinem Zimmer seid?", Sven bemerkte, dass sich ein leichter Schweißfilm auf seiner Stirn bildete. „Seht ihr fern?"

Lia zuckte die Schultern. „Manchmal."

„Oder macht ihr Playstation?"

„Eher nicht."

„Chillt ihr, so wie du jetzt?"

„DAD!"

Sven fühlte sich ertappt. Er straffte sich. „Sag mal, Lialein, hat Mama schon mal mit dir ... gesprochen?", hier räusperte er sich, denn sie sah ihm mit einem mehr als skeptischen Blick an. Diesen Blick kannte er, seit er seiner Tochter im Sandkasten ausführlich die Handhabung von Förmchen und Schaufel gezeigt hatte.

„Hm", machte sie.

„Na, ja. Ich bin ja auch mal ein Mann gewesen

... ein junger Mann ... meine ich ... ein sehr junger Mann ... jedenfalls jünger als heute ..."

„Echt?"

Einen Augenblick fragte er sich, ob sie sich über ihn lustig machte, trotzdem konnte ihn das nicht stoppen. „Also sehr junge Männer haben Bedürfnisse, die sehr junge Mädchen manchmal nicht so ... unbedingt ..."

„Willst du wissen, ob wir Sex haben?", unterbrach ihn Lia gnadenlos.

„Ja ... nein ... natürlich nicht ... würde deine Intimsphäre nie verletzen ...", stammelte Sven und merkte, dass er rot anlief.

„Danke, Papi."

Sven registrierte erfreut und erleichtert, dass sie wieder Papi sagte, so wie früher.

„Wenn es dich beruhigt, Gangbang kommt nicht in Frage, für uns beide. Früher habt ihr das doch Rudelpoppen genannt, oder."

„Was?" Plötzlich schmerzte seine linke Brustseite. Schmerzen, die bis in den linken Arm zogen.

‚Die Herzkranzgefäße, wo sind meine Tabletten', fuhr es ihm durch den Kopf. Rechtzeitig fiel ihm ein, dass er gar keine Herztabletten nahm.

Derweilen strahlte Lia ihn an. „Scherz, nur ein Scherz, Papi. Ist alles nicht mehr so, wie bei euch früher."

„Du hast keine Ahnung, wie das bei Mama und mir abgegangen ist, aufm Festival", ent-

13

fuhr es Sven. „Wir haben eine Menge erlebt. Die 90iger waren ganz schön wild."

„Klar", murmelte Lia uninteressiert und checkte ihr Smartphone. „Damals war das sicher cool." Es klang, als würde sie von der Zeit vor den Kreuzzügen sprechen.

„Übrigens, Dad, kannst du mir was leihen?"

„An wie viel dachtest du denn?" Aha, die Papi Time war also vorbei.

„Na ja, vielleicht so 50 Euro? Ich habe nämlich eine Eins in Literatur bekommen, für den Aufsatz über Henry James. Ist das nicht ne kleine Belohnung wert?"

„Du bist lustig, ich war der Ghostwriter!"

„Ja, gut, aber ich musste das alles nochmal abschreiben, wegen der Handschrift. Was das für eine Arbeit war."

„Echt?"

„Echt!"

Das Handy klingelte. Lia guckte aufs Display. Die Sonne ging in ihrem Gesicht auf. So, wie damals, als sie klein war und Sven am Abend nach Hause kam.

„James", murmelte sie versonnen,  stand auf und ging an ihrem Vater vorüber, ohne ihn weiter zu beachten.

Sven seufzte schwer und stellte den Fernseher an.

## Freiheit, die ich meine

Sie wollte ihn unbedingt.

„Du bist so männlich", raunte sie ihm ins Ohr und schmiegte sich in seinen muskelbepackten Arm. Sie liebte es, ihm durch die langen Haare zu streichen und auf seinem Motorrad mitzufahren. Auch seine Lederklamotten machten sie tierisch an.

Bald zogen die beiden zusammen. „Warum auch nicht", dachte er. Schließlich liebte sie ihn so wie er war: männlich, verwegen, frei.

„Warum sollten wir nicht heiraten?", fragte sie kurze Zeit später. Er hatte nichts dagegen, das Zusammenleben klappte schließlich ganz wunderbar. Nun war er männlich, verwegen, fast frei und immer noch langhaarig.

Das blieb bis kurz nach der Hochzeit so.

Plötzlich sagte sie Sätze wie: „Geh doch mal zum Friseur" oder „Wie das aussieht, mit deinem Gezappel auf den Kopf" und „Heute kommen meine Eltern zu Besuch, mach dir wenigstens einen Zopf".

Irgendwann hatte er eine modische Kurzhaarfrisur. Schließlich liebte er sie und er fühlte sich immer noch männlich, etwas verwegen und fast frei. Nur dass es oben herum ziemlich kühl war, er erwog, eine Mütze zu tragen.

„Schatz, ist es nicht zu gefährlich, mit dem Motorrad zu fahren?", hauchte sie ihm eines Abends ins Ohr. Sie hatten es sich auf dem

Sofa bequem gemacht, tranken lieblichen Rotwein, hörten deutsche Schlager. Sie schmiegte sich an seinen noch immer muskulösen Arm. „Ich habe da letztens einen Artikel gelesen. Ich bin so besorgt um dich!"

Nach langem Kampf mit vielen nassgeweinten Taschentüchern gab er schließlich nach, verkaufte das Bike und die Lederklamotten.

Nun trug er Stoffhose, Sacco, schwarze Slipper und fuhr einen Kombi. Er war männlich, chic gekleidet, nicht wirklich frei und oben herum blieb es kühl, denn eine Mütze passte nicht zu seinem neuen Outfit.

Es folgten Jahre des friedlichen Miteinanders. Er trank weiter lieblichen Rotwein, lernte deutsche Schlager zu lieben, schaute sich mit ihr zusammen die Lindenstraße an, ging jeden Morgen mit dem Hund Gassi und brachte frische Brötchen mit. Selbst den Pullunder, den sie ihm zum Geburtstag schenkte trug er ohne zu murren.

Doch völlig unerwartet stand sie mit gepackten Koffern vor ihm. „Du hast dich so verändert", säuselte sie. „Als ich dich kennenlernte, warst du männlich und verwegen. Schau dich jetzt mal an…"

Neulich sah er sie. Sie hing am muskelbepackten Arm eines lederbekleideten Bikers. Er erwiderte grinsend den mitleidigen Blick des Langhaarigen.

Fast hätte er ihm seine Mütze geschenkt, aber die braucht er noch eine Weile.

## Alles Öko oder was?

„Angie, warte doch mal!"
Dieser Ausruf ließ mich abrupt stehen bleiben, obwohl ich wirklich keine Zeit hatte. Langsam und ungläubig drehte ich mich um.
Tatsächlich, Birthe Müller-Hundertstein rannte im Top Speed hinter mir her. „Hach, dich hier zu treffen", japste sie. „Geht deine Tochter auch hier in die Kita?"
„Ja, seit kurzem", antwortete ich und musterte Birthe unauffällig. Sie hatte sich kaum verändert, trug einen sackartigen, offensichtlich selbstgestrickten Pullover, Baumwollhosen mit Gummizug in der Taille und die obligatorischen Birkenstocksandalen. Ihr Motto war seit jeher: ,Ich bin ökologisch einwandfrei aufgestellt und man sieht es mir an'.
Auch Birthe taxierte mich von oben bis unten. „Gut siehst du aus in dem Business-Kostüm und mit den hochhackigen Schuhen. Du bist wohl berufstätig? Geht das nicht auf Kosten der Familie? Aber du warst ja schon früher so ehrgeizig."
Ich lächelte mein Gegenüber mild an. „Wie die Zeit vergeht, was. Ja, ich bin voll berufstä-

tig. Meine Tochter wird von einer Tagesmutter betreut. Sie hat mein ganzes Vertrauen, wirklich."

Birthe zog die Augenbrauen hoch und zupfte Wollflusen von ihrem Pullover. „So, so, eine Tagesmutter. Bist du überhaupt verheiratet? Also mein Ernst-Uwe ist ein toller Vater, aber das weißt du ja. Er geht sehr verantwortungsvoll mit den Kindern um. Er kocht natürlich vegetarisch und backt noch immer seine wunderbaren Dinkelkekse. Wir zeigen unserem Nachwuchs den richtigen Weg in ein natürliches Leben. Da ziehen wir an einem Strang."

Natürlich erzählte ich nicht, dass meine Tochter bei einem One-Night-Stand entstanden war. Ein verheirateter Kollege war der Vater. Er sah gut aus, war intelligent, hatte zwei gesunde Kinder und demzufolge gutes Erbmaterial.

„Ich bin mit meinem Beruf verheiratet und sehr erfolgreich", sagte ich stattdessen. „In meiner Position wäre ein Mann eher hinderlich. Wir sind eine glückliche Minifamilie. Wir ernähren uns gesund, nur kocht die Tagesmutter und nicht ich. Wir sind überhaupt sehr umweltbewusst mit allem was dazugehört: Mülltrennung, keine Einwegflaschen, Ökostrom, Biolebensmittel, was man eben so macht. Das sollten wir unseren Kindern wirklich vorleben!" Ich schaute demonstrativ auf meine Rolex. „Du, es tut mir echt Leid, aber jetzt muss ich los. Die Chefin sollte möglichst pünktlich sein."

Auf dem Weg zur Firma ließ ich die früheren Begegnungen mit Birthe revuepassieren. Sie und ich waren alte Schulkolleginnen, wenn auch keine Freundinnen. Irgendwann waren wir uns in einem Schwangerschaftsvorbereitungskurs über den Weg gelaufen und hatten gewettet, welches Kind zuerst auf die Welt kommen würde - mein erstes oder ihr viertes. Natürlich war ihr Kind schneller. Ich nahm an dem Geburtsevent teil, um hautnah zu erleben, was auf mich zukommen würde.

*Ich erinnerte mich gut:*
*Birthes Familie war vollständig versammelt, denn schließlich war es eine Hausgeburt. Ihr Ernst-Uwe schenkte Kaffee an die Erwachsenen und Kakao an die Kinder aus. „Natürlich aus ökologisch fairem Anbau, das versteht sich", betonte er. Seine Mutter saß am Fenster und strickte. „Ein Strampler, ich verwende naturreine Baumwolle."*
*Die werdende Mutter beschwerte sich, weil die Wehen nicht oft genug kamen. Sie hatte eigentlich noch Brot backen wollen. Sie lächelte mich tapfer an. „Lass dir bloß nichts gegen die Schmerzen geben. Das Zeug taugt nichts und bringt dich um das Geburtserlebnis. Du kannst lieber Kamille nehmen."*

19

*„Die Blüten sind aus unserem Garten, natür-
lich ungespritzt", mischte sich Ernst-Uwe ein,
während er sich einen merkwürdig aussehen-
den Keks in den Mund stopfte. Er hielt mir den
Keksteller unter die Nase. „Aus Dinkelmehl,
habe ich heute früh gebacken."*
*Ich winkte ab, mir war urplötzlich schlecht
geworden, und verabschiedete mich hastig.*
*Im Hinausgehen hörte ich Birthe: „Leute,
Kinder! Gleich kommt das Köpfchen, schaut
mal genau hin. Nicht erschrecken wegen des
Blutes, es tut überhaupt nicht weh!"*

In der Folgezeit traf ich Birthe öfter, wenn ich
meine Tochter zur Kita brachte. Sie musterte
mich meist missbilligend, wenn ich aus dem
Auto stieg.
„Tja, nicht jeder kann es sich leisten die Res-
sourcen unseres Planeten zu verschwenden",
bemerkte sie spitz.
„Nicht jeder kann es sich leisten, seine Zeit auf
dem Fahrrad zu verplempern, wenn er Termine hat", antwortete ich nicht weniger sarkastisch.
An diesem Morgen passte Birthe mich offensichtlich vor der Kita ab. „Also", begann sie
genüsslich. „Wie du vielleicht weißt, bin ich
im Festkomitee für unser anstehendes Sommerfest. Wir haben beschlossen, dass wirklich
jeder seinen Beitrag für das Fest leisten muss.
Du bist hiermit beauftragt einen großen Ku-

chen zu backen! Aber selbstverständlich aus ökologisch einwandfreien Zutaten. Übrigens: Backmischungen oder sonstiges Schummeln kommen nicht in Frage!"

„Einen Kuchen?", nuschelte ich erstaunt. „Das ist zwar zeitlich schwierig, aber ich werde es hinbekommen."

Niemals hätte ich zugegeben, dass ich noch nie gebacken hatte und nicht vorhatte, diese Tätigkeit zu erlernen.

„Das wäre ja dann geklärt." Birthe streckte mir ihren Bauch entgegen. „Hast du's bemerkt? Sechster Monat." Sie strahlte mich an. „Mein Mann muss nur seine Pants an den Bettpfosten hängen, schon schnackelt's. Manchmal glaube ich, dass mein Körper immer empfängnisbereit ist."

„Ja, wenn man selbstgehäkelte Verhüterlies benutzt", grinste ich sarkastisch. „Dann kommt's halt so."

Birthe riss die Augen auf. „Woher weißt du das jetzt. Aber daran liegt's nicht. Sie sind aus fairer Baumwollen, sehr passgenau und reißfest, waschbar, deshalb wiederverwendbar und umweltfreundlich! Und schau mal mein Pulli! Den hat mein Mann mir zum Geburtstag gestrickt. Ist er nicht toll!" Sie wies auf ihren schlabberig - unförmigen Norwegerpullover. „Und er backt die besten Kekse der Welt!!"

So viel Umweltbewusstsein ließ mich einknicken. Ich drehte mich auf dem Absatz um.

„Ich muss dann mal. Und ich denke an den großen Kuchen!"

In der Bäckerei meines Vertrauens angekommen gab ich genaue Anweisungen. „Sie könnten vielleicht einige Stückchen Eierschale in den Teig geben. Der Kuchen kann auch ruhig etwas klitschig sein. Hauptsache er sieht aus wie handgeknetet."

Die Fachverkäuferin musterte mich einen Augenblick und grinste. "Ist wohl für das Sommerfest, was. Da haben wir schon eine Großbestellung."

Ich stutzte und deutete stumm auf die drögen Kekse, welche hinter ihr auf einer Ablage vor sich hin bröselten.

"Genau die, aber empfehlen tu ich Ihnen die nicht so gern! Dinkelmehlkekse, staubtrocken. Wir backen sie extra für einen Kunden, der sie in großen Mengen kauft. In diesem Fall eben für das Sommerfest."

Ich verließ die Bäckerei um einige Illusionen ärmer, doch rückte dieses Erlebnis mein Weltbild wieder zurecht, rettete meine ganz persönliche Weltordnung. Beim Abholen des Kuchens würde ich mich unauffällig nach Häkelkondomen umsehen und vielleicht gab es hier sogar merkwürdige Schlabberpullover aus fairer Baumwolle.

# Umweltschutz 1950

„Hätten Sie eine Tragetasche für mich", fragte die ältere Dame, die vor mir an der Supermarktkasse stand.

Die jugendlich aussehende Verkäuferin, welche sich krampfhaft bemühte ihre Kasse trotz der langen, künstlichen Fingernägel zu bedienen, schüttelte unwillig den Kopf.

„Tragetaschen aus Plastik haben wir offiziell nicht mehr. Die sind doch soohoo schlecht für die Umwelt. Wissen Sie das nicht? Aber ich will mal nicht so sein." Sie zog eine Tragetasche unter ihrem Kassentisch hervor und ließ sie gönnerhaft auf die Ware der alten Dame fallen.

Diese schwieg einen Moment irritiert. „Es tut mir leid", sagte sie schließlich. „Ich habe sonst immer eine Einkaufstasche dabei. Ausgerechnet heute ... Jedenfalls vielen Dank."

Die Kassiererin hob die Augenbrauen. „Tja, das ist das Problem. Alte Leute ... ähm ... ich meine Menschen aus Ihrer Generation haben sich nie Gedanken um die Umwelt gemacht und wir müssen jetzt deshalb meeeega sensiiiiiibel damit umgehen."

Diese Aussage verschlug mir die Sprache, doch nicht der alten Dame. Sie richtete sich kerzengerade auf und war somit schätzungsweise einen Meter fünfundfünfzig groß.

„Sie haben vollkommen Recht, Schätzchen", sagte sie bestimmt. „In meiner Generation hat man sich überhaupt keinen Kopf um den Umweltschutz gemacht. Das war irgendwie nicht erforderlich. Für den Einkauf benutzten wir Einkaufsnetze oder -taschen, so wie ich das in der Regel immer noch mache. Hatten wir die Tasche vergessen, so bekamen wir die Lebensmittel in eine stabile Papiertüte gepackt, die wir weiterverwendeten. Zum Beispiel als Schutz für Schulbücher. Die gab es nämlich kostenlos in der Schule. Wir haben sie pfleglich behandelt, denn sie wurden ja am Ende des Schuljahres wieder eingesammelt und neu verteilt. Die Milch kauften wir übrigens beim Milchbauern und hatten unsere eigene Milchkanne dafür. Wasser tranken wir aus der Leitung, Plastikflaschen gab es nicht und Getränkedosen waren Utopie. Glasflaschen wurden sowieso mehrmals verwendet.

Wir gingen meistens per pedes. Niemandem ist es eingefallen, ein Auto mit 150 PS dazu zu verwenden, um zum Einkaufen zu fahren. Ach ja, damals gingen auch unsere Kinder zu Fuß, sogar zur Schule. Wenn der Weg sehr weit war, so fuhren sie mit dem Fahrrad oder mit dem Bus. Einen Taxiservice der Mutter gab es nicht. Das war kein Wunder, denn längst nicht jede Familie war motorisiert. Sogar den Rasenmäher schoben wir manuell. Das machte kaum Lärm und war unser Fitnesstraining.

Deshalb brauchten wir auch nicht in ein teures Studio, um uns dort auf elektrischen Laufbändern und Fahrrädern abzuquälen, um in Form zu bleiben.

Babywindeln wurden gewaschen und wiederverwendet, Einwegwindeln gab es nicht. Die Wäsche trockneten wir mit Wind- und Sonnenenergie im Garten. Stromfressende Wäschetrockner waren gänzlich unbekannt.

Im ganzen Haus gab es ein einziges Radiogerät. Später war der Fernseher mit einem Bildschirm in Herrentaschentuchgröße unser ganzer Stolz. Hier versammelte sich die Familie am Wochenende und schaute gemeinsam das einzige Programm an.

In der Küche wurde richtig gekocht. Es gab keine Fertiggerichte und alles wurde per Hand geschnitten, geschält, geknetet. Und stellen Sie sich nur vor: Wir brauchten keinen im Orbit kreisenden Satelliten, um den nächsten Imbiss zu finden.

Aber wie ich Eingangs bereits erwähnte - über den Umweltschutz haben wir nicht weiter nachgedacht."

Hier verstummte die alte Dame, vermutlich, weil sie Luft holen musste.

Die junge Kassiererin war knallrot angelaufen.

„Ja, also, das macht dann 23,94 Euro", stammelte sie fassungslos.

„Ich gebe Ihnen 54 Euro."

„Ja, Moment, 54 ... das sind dann ... ", die junge Frau tippte eifrig auf ihrer Tastatur herum. „Ja, genau, 30 Euro und 6 Cent zurück", erklärte sie und gab das Wechselgeld heraus.

Die Kundin hatte ihre Einkäufe bereits verpackt und steckte jetzt bedächtig das Wechselgeld in ihr Portemonnaie.

„Eins muss ich noch loswerden", erklärte sie entschlossen. „Ich habe lange Zeit einen Laden betrieben. Einen Tante Emma Laden, würden Sie wohl sagen. Und ich habe das Wechselgeld fabelhaft herausgeben können, ohne die elektronische Kasse zu befragen. Einen schönen Tag noch, junge Dame."

Sie wandte sich ab, zögerte dann und drehte sich zu mir um. „Es tut mir Leid, dass ich Sie nun so lange aufgehalten habe."

Ich lächelte sie an. „Das ist völlig in Ordnung. Sie hatten ja Recht mit dem, was sie gesagt haben."

„Ich weiß", lächelte sie reizend zurück.

## Die Bierfalle und andere Mordmethoden

Ich liebe meinen Garten. Hier kann ich entspannen, relaxen, Ruhe finden. Es gibt nichts Schöneres als den Blick über ein Blumenbeet schweifen zu lassen, in dem es grünt und blüht. Das beruhigt und beglückt ungemein. Wenn dann noch der erste zarte Salat sprießt, schlägt mein Gärtnerherz im Dreivierteltakt.

Nun gibt es aber ein Problem, das ich mit einem Wort benennen kann: Schnecken, noch genauer Nacktschnecken. Diese schleimigen, wurmartigen, fiesen Wesen können eine passionierte Gärtnerin in einer Nacht an den Rand des Nervenzusammenbruchs bringen. Am Abend hat sie liebevoll und vorsichtig die winzigen, filigranen Blätter der jungen Kohlrabi Pflanze gegossen, hat die blühende Pracht der Petunien und der Tagetes bewundert. Am nächsten Morgen muss sie feststellen, dass von allem nur noch Stängel vorhanden sind, die sich ihr sowohl anklagend als auch traurig entgegenrecken.

Bei diesem Anblick wird der friedlichste Mensch zum Schnecken Terrorist.

Auch ich litt also unter der Heimsuchung. Da sich zu allem Überfluss ein Bach malerisch durch unser Grundstück schlängelt, wurde mein Garten von einer ziemlichen Menge Schnecken kahlgefressen.

In meiner Not wandte ich mich an meinen Cousin, einen Schrebergärtner.

„Das ist ganz einfach", erklärte er mir wohlwollend. „Du machst ein paar Bierfallen, indem du Behälter mit Bier in deinen Garten stellst. Da klettern die Schnecken rein, weil sie verrückt nach Bier sind, und wupps bist du sie los." Nach dieser Einführung erklärte er mir in einem einstündigen Vortrag haarklein, was es damit auf sich hatte.

Ich schritt zur Tat. Hierbei wurde ich misstrauisch von meiner besseren Hälfte beäugt.

„Sag mal, musst du mein Bier hier im Garten verschwenden", fragte Alan verblüfft.

Ich musterte ihn kühl. „Stell dich bloß nicht so an, wegen der paar Flaschen Bier. Die brauche ich zur Schädlingsbekämpfung. Du isst ja auch ganz gerne mal Gemüse frisch aus dem Garten."

Er trollte sich kopfschüttelnd, wobei ich ihn vor sich hin murmeln hörte: „Damn, Gemüse! Und Bier zur Schädlingsbekämpfung. Das Weib ist übergeschnappt."

Mir war es egal, was er grummelte. Euphorisch legte ich jede Menge Bierfallen aus und war sicher, dass Schneckenproblem ein für alle Mal aus der Welt geschafft zu haben.

In der nächsten Zeit fischte ich regelmäßig ertrunkene Schnecken aus den Fallen und erneuerte das Bier, vorzugsweise nach einem wohltuenden Landregen. Doch obwohl ich

Massen von Schnecken entsorgte, blieben immer noch genug übrig, um den Garten kahlzufressen.

Des Rätsels Lösung fand ich, als ich mich mit meiner Nachbarin unterhielt. „Merkwürdig", stellte sie fest. „In diesem Jahr gibt es gar keine Schnecken. Wo die wohl alle abgeblieben sind. Der Winter war doch gar nicht so streng." Auch andere Nachbarn bestätigten, dass in ihren Gärten wenig bis gar keine Schnecken vorkamen.

Als ich eines Morgens ein paar der schleimigen Gesellen von der Terrassenscheibe klauben musste, entsorgte ich klammheimlich und sehr frustriert die Bierfallen. Ich hatte wirklich Angst, dass ich irgendwann in der Frühe einer betrunkenen Schneckenhorde gegenüberstehen würde, die Arm in Arm, beziehungsweise Leib an Leib schunkelnd „Bier her, Bier her oder ich fall' um" sang.

Nach dieser Niederlage holte ich mir im Gartenmarkt meines Vertrauens professionellen Rat.

„Kein Problem. Kaufen sie einfach Schneckenkorn", riet der Fachmann mit beeindruckender Sicherheit. „Ich gebe Ihnen gleich die Mega - Magnum Packung mit. Damit kommen sie wunderbar über den Sommer. Die Schnecken fallen einfach tot um und sie entsorgen sie dann."

„Aber ich habe Haustiere", wisperte ich schaudernd.

„Egal, das macht denen nichts. Dieses Schneckenkorn ist zudem umweltverträglich. Sie können ganz unbesorgt sein. Übrigens: Warum sollte ihr Haustier Schneckenkorn fressen?"

„Vielleicht frisst der Hund das Korn nicht, aber die Schnecken, wenn sie tot herumliegen", erklärte ich verlegen.

Der Gartenfachmann maß mich mit einem mitleidig überheblichen Blick. „Ihr Hund frisst Schnecken? Ja bekommt er denn nicht genug Futter? Überhaupt sollten Sie besser aufpassen, was Ihr Hund zu sich nimmt."

Derart gemaßregelt griff ich mir die Mega-Magnum Packung Schneckenkorn und schlich zur Kasse.

„Sag mal, was liegt da für ein fieses blaues Zeug in unseren Beeten herum? Das ist doch wohl kein Dünger?", erkundigte sich meine bessere Hälfte. „Ich habe einen Großteil davon weggeharkt, weil es unmöglich aussieht."

Alarmiert machte ich eine Runde durch den Garten und stellte fest, dass er tatsächlich das meiste Schneckenkorn entfernt hatte.

Meine Erklärung, dass ich mithilfe der kleinen blauen Würmer die Schnecken vergiften wolle ließ ihn schaudern. „Ich fand es schon nicht gut, dass du mein Bier für die Schneckenfallen verschwendet hast, aber wenigsten sind die Tiere glücklich gestorben. Aber Gift im Garten zu streuen, das geht gar nicht. Was spielst du? Den Schnecken Terminator? Und die Leichen liegen dann überall im Garten herum? Stell dir mal vor die Hunde fressen die vergifteten Schnecken."

„Das macht denen nix, hat jedenfalls der Typ im Gartenmarkt gesagt", erklärte ich kleinlaut.

„Ich finde ja auch, dass das keine Ideale Lösung ist, aber irgendwie muss ich mich doch gegen die Viecher wehren. Wenn sie Löwenzahn oder Giersch fressen würden, dann wäre mir das egal, doch sie lassen einzig das Unkraut stehen, alle anderen Pflanzen fressen sie."

Alan nickte. „Du hast ja Recht, ich ärgere mich auch über die Schneckenplage. Weißt du was, wenn du auf das Schneckenkorn verzichtest, dann finde ich eine Lösung, das verspreche ich dir."

So entsorgte ich das Schneckenkorn und hoffte auf meinen Problemlöser.

Eine Woche später brachte der Briefträger mir ein Päckchen, das ich neugierig öffnete. Der Inhalt verblüffte mich. Ich fand, in einem großen Netz verpackt und mit Stroh umgeben, 24 Weinbergschnecken. Schnell schloss ich das Paket wieder und wartete auf meinen Mann, der mich am Abend strahlen aufklärte: „Ich habe recherchiert. Die Weinbergschnecke ist der natürliche Feind der Nacktschnecke. Sie frisst deren Gelege, so werden wir auf lange Sicht einen schneckenfreien Garten haben. Na ja, jedenfalls Nacktschneckenfrei", fügte er sicherheitshalber hinzu. „Et voilá – hier hast du eine natürliche Lösung des Problems. Übrigens verschmähen Weinbergschnecken deine Pflanzen weitgehend."

Das hörte sich gut an und so setzte ich die Weinbergschnecken hoffnungsvoll im Garten aus.

Das ist ein Jahr her. Tatsächlich gibt es kaum noch Nacktschnecken in unserem Garten. Doch dafür treiben die Weinbergschnecken, trotz Alans Naturkundevortrag, ihr Unwesen, denn auch sie haben einen gesunden Appetit auf Grünzeug.

Neulich fand ich ein besonders fettes Exemplar, das sich unter meinen blattlosen Sonnenblumen räkelte.

„Musstest du denn gleich alle Blätter fressen?" Behutsam klopfte ich an. Die Schnecke erschrak sichtlich, zog sich aber nicht in ihr Häuschen zurück. Es ist ihr wahrscheinlich zu eng geworden. Sie wird über ein größeres Haus nachdenken müssen.

# Ein Akt der Tierliebe

„Huch!"

Erschrocken zog Sara die Hand zurück. Sie schaute sich die Pflanze mit den hübschen blauen Blüten genauer an, ohne sie anzufassen. Tatsächlich, es handelte sich um Eisenhut, der sich zwischen den prächtig blühenden Rittersporn gemogelt hatte.

In Gedanken hörte sie die warnende Stimme ihrer Großmutter: „Fass diese Pflanze niemals mit den bloßen Händen an, Kind. Sie ist sehr giftig. Du bekommst überall böse rote Flecken. Es heißt, dass das Herz stillsteht, wenn man nur ganz wenig davon zu sich nimmt."

„Oder wenn man jemandem etwas davon ins Essen tut, Oma?", hatte die kleine Sara atemlos gefragt, worauf ihr die Großmutter den Kopf tätschelte. „Du kommst auf Gedanken, Kind. Wer macht denn so etwas!"

Sara erhob sich, drückte den Rücken durch. Ihr Garten und vor allem die Kräuterspirale waren ihr ganzer Stolz. Sie war froh und glücklich, dass sie das kleine Reihenhaus mit einem schnuckligen Garten ergattert hatte.

Nebenan öffnete sich ein Fenster im ersten Stock. „Ich hoffe Sie vergessen nicht, dass jetzt Mittagsruhe herrscht. Also warten Sie mit dem Rasenmähen", erklang eine laute, knarzende Stimme.

Seufzend wandte sich Sara dem Fenster zu.

„Ja, Herr Küddel, ich weiß das und ich würde es niemals wagen, Sie in Ihrer Mittagsruhe zu stören."

Der Angesprochene wackelte mit dem Kopf, sodass seine feisten Wangen hin und her schlabberten.

‚Wenn er jetzt noch sabbert, dann sieht er aus wie eine Dogge', dachte Sara und unterdrückte ein Kichern.

Herr Küddel reagierte sofort. „Machen Sie sich über mich lustig? Unverschämtheit, wo ich Sie nur auf die allgemeine Ordnung aufmerksam mache. Es ist ein Trauerspiel, dass das überhaupt nötig ist!" Mit einem Knall schloss er das Fenster.

„Nicht so laut, es ist Mittagsruhe", murmelte Sara.

Die Lust an der Gartenarbeit war ihr vergangen. Sie beschloss, sich eine Tasse Kaffee zu kochen und sich auf die Terrasse zu setzen.

Während sie auf ihren kochend heißen Kaffee pustete, dachte sie über ihre Nachbarn nach. Das Ehepaar Küddel hatte das Reihenhaus nebenan kurz nach der Heirat erworben, also vor Urzeiten. Hinzu kam, dass die Ehefrau eine Cousine von Saras Vermieter war. Das Paar verhielt sich so, als würde ihnen der ganze Straßenzug gehören. Eigentlich noch schlimmer. Angefangen von der Sauberkeit des Bürgersteigs vor Saras Tür bis zur Lautstärke des Rasenmähers und der Tatsache, dass sie eine Katze hatte, störten sich die Küddels an allem, was Sara tat oder unterließ.

Irgendwann hatten sich die beiden sogar schriftlich beim Vermieter beschwert, weil Sara keine ordentlichen Gardinen vor ihren Fenstern aufgehängt hatte, was dieser mit einem Schulterzucken abtat. All das hatte Sara mit stoischer Ruhe ertragen. Im Gegenteil versuchte sie auch diesem Pärchen mit Nächstenliebe zu begegnen. Letztens hatte sie der verhuschten Frau Küddel auf deren Bitte sogar einen Kräutertee gemischt.

„Sie kennen sich doch so gut mit Kräutern aus und wir haben doch beide immer so Probleme mit dem empfindlichen Magen, mein Heinz-Josef und ich. Ich habe genau gesehen, dass Sie auch Kräuter trocknen. Erst wollte Heinz-Josef was sagen, aber ich habe ihn davon überzeugt, dass es uns nicht stört. Wir wollen es ja auch nicht umsonst haben. Sagen Sie nur, was es kostet."

Sara hatte abgewunken, einen Beutel mit Magentee zusammengemischt, den sie der Frau vor ein paar Tagen in die Hand gedrückt hatte. Sie hoffte, dass diese gute Tat das nörgelige Ehepaar besänftigen würde.

Wie schockiert war sie gewesen, als sie kurz darauf in den Garten kam und den Nachbarn dabei erwischte, wie er mit seiner mobilen

Wäschespinne mehrfach nach ihrer Katze schlug, die sich auf seine Parzelle verirrt hatte.

Als er die schockstarre Sara bemerkte, schulterte Nachbar Küddel die zweckentfremdete Wäschespinne und knurrte: „Ist doch wahr, das Vieh kackt ständig alles voll."

Sara stellte die halbvolle Kaffeetasse ab. Sie hatte bisher alles hingenommen, was das Ehepaar an Gemeinheiten in Petto hatte, doch diese letzte Attacke sprengte den Rahmen des erträglichen!

Sie überlegte: Sollte sie das Ehepaar kurzerhand mit dem Auto überfahren oder, was unauffälliger war, vor den Bus schubsen, der fast vor der Haustür hielt? Sie lächelte grimmig. Schubsen, das war schon einmal gut, aber noch besser waren beide in der Sickergrube aufgehoben, dort würden sie von ihren eigenen Fäkalie erstickt werden.

Egal wie, die Küddes mussten weg. Das war eine Sache des Tierschutzes, besser noch ein Akt der Tierliebe.

Von diesem Gedanken gestärkt und erheitert trank Sara den restlichen, jetzt kalten Kaffee.

Entschlossen stand sie auf, griff sich ihre dicken Gartenhandschuhe und schlenderte beschwingt in den Garten.

# Es lebe das Homeshopping

*letzte Bestellungen, noch zu bewerten:*

*Glimmerbarbie (1 Meter hoch, leuchtet im Dunkeln)*
*Hausbar Clearlight (incl. 2 Hockern)*
*Rosa Schuhe Größe 40 (sind zu groß, egal, passen zum neuen Outfit)*
*Grüne Schuhe Größe 37 (sind zu klein, egal, siehe oben)*
*Lebensgroße Pappfigur (Sven Rentier)*
*Ratgeber (P.Zwegat: Raus aus den Schulden)*
*DVD (Yoga Fit Abs)*
*Fitnessgerät (Hammer Kraftstation)*

Für all das braucht es nur einen einzigen Mouse Klick.

Mittlerweile ist meine Wohnung so voll, dass ich keinen Platz mehr habe, um mich vernünftig hinzulegen. Ich brauche eine externe Schlafgelegenheit und tippe ‚Außenbett' ins Suchfeld ein. Sofort werden vierundvierzig Treffer angezeigt. Ich klicke auf den ersten und lese:

*Schlafen im Freien: Dieses geräumige Bett ( 2 x 2 Meter, rosa Extrakissen) kann problemlos von außen an der Fensterbank befestigt werden. Mit seinem wetterfesten Himmel (gegen Aufpreis) trotzt es allen Widrigkeiten. Aller-*

37

*dings kann es sich bei Sturm (Windstärke 9) lösen.*
*Sofort bestellen, wird noch heute verschickt – keine Portogebühren*
*5 von 5 Sternen*

Ich bestelle das Bett mit dem wetterfesten Himmel. Schließlich will ich es warm, trocken und gemütlich haben.

Am nächsten Morgen klingelt es an der Tür. Ich schaue aus dem Fenster und sehe den Briefträger, der ein ziemlich großes Paket vor sich abgestellt hat. Er sieht irgendwie sauer aus.

„Fünfter Stock, Aufzug defekt", rufe ich aus dem Fenster und eile erwartungsvoll zur Wohnungstür.

Unter Schnauben und Stöhnen kämpft sich der Briefträger die Treppen herauf. Ich filme ihn dabei, poste anschließend den Minifilm bei Facebook, kriege aber keine ‚Likes', jedenfalls im Moment nicht.

Oben angekommen hält sich der Schwächling am Türrahmen fest, beugt sich vornüber und keucht.

„Stellen sie sich nicht so an, Mann", sage ich aufmunternd. „Seien sie froh, dass ich ihnen den Arbeitsplatz erhalte und Bewegung ist bekanntlich gesund."

Der Mann läuft rot an. Er hat wohl immer noch Probleme mit der Luft.

So klopfe ich ihm auf den Rücken. „Übrigens, sie können die Fitnessstation wieder mitnehmen. Sie ist doch nichts für mich. Ist alles ordnungsgemäß verpackt und frankiert. Ich will sie ja nicht überfordern."

Ja, wir Prime – Kunden wissen wie es geht.

Er hält mir einen Unterschriftenapparat unter die Nase. „Hier unterschreiben", knurrt er. Anschließend schultert er mühsam das Fitnessgerät und wankt die Treppe hinunter. Der Mensch ist sichtlich nicht gut in Form.

„Umbringen...", höre ich ihn murmeln.

Später hänge ich das Bett an die Fensterbank, aber es gefällt mir nicht. Zudem hat es neongrüne Extrakissen und keine in rosa. Na gut, das war sowieso eine blöde Idee.

Ich logge mich also ein, wähle die Option: ‚Rücksendung, von der Post abholen lassen'. Weil ich gerade auf der passende Seite bin, bestelle ich einen Jogginganzug (blau), passende Joggingschuhe und ein Laufband (pro Sport).

Am nächsten Morgen klingelt es zur gewohnten Zeit. Ich schaue wieder aus dem Fenster und sehe meinen Freund, den Postboten. „Aufzug immer noch kaputt", rufe ich ihm fröhlich zu und betätige den Türöffner kurzkurz – lang. Bei lang kann er die Tür öffnen. Ohne Paket ist er schnell oben.

„Sehen sie, geht doch", sage ich. „Hier ist das Paket von gestern. Wo haben sie überhaupt

mein neues Laufband? Ich hab's gestern bestellt, sie müssten es heute liefern."

„Weiß nicht, hier, Quittung", nuschelt der
Briefträger. Er sieht mich dabei aus blutunter-
laufenen Augen an. Anschließend stemmt er
das Außenbett hoch und macht sich an den
Abstieg.

Am nächsten Tag steht er mit dem Laufband
vor der Wohnungstür. Begeistert öffne ich
ihm. „Das Paket ist mir zu schwer, können sie
es bitte in die Wohnung bringen?", frage ich
freundlich. Schließlich bestelle ich ihm jedes
Jahr zu Weihnachten eine Tafel Schokolade
mit, da kann er mir den Gefallen tun.

Er sieht das wohl auch so, denn er wuchtet das
Paket hoch und trägt es in den Korridor.

„Wohin", keucht er.

Ich schaue mir die Sache genauer an, reiße die
Rechnung vom Paket ab, studiere sie ausgiebig. Es befindet sich offensichtlich nur das
Laufband in dem Paket. So hebe ich warnend
die Hand. „Einen Moment mal. Wo ist mein
blauer Jogginganzug. Also nein!"

Es ist eine Unverschämtheit den Anzug und
die Schuhe nicht gleich mitzuliefern. Streng
mustere ich meinen gelben Freund. „Das können sie gleich wieder mitnehmen, es ist nicht
komplett."

Er bleibt einen Augenblick ruhig stehen, dann
hebt er mit erstaunlicher Kraft das Paket.

„Meine Mutter pflegte immer zu sagen: In die

Hölle kommen wir noch früh genug, aber sie hat sich geirrt. Die Hölle ist hier und heute. Die Hölle, das seid ihr Homeshopper."

Das sind die letzten Worte, die ich höre, bevor mir das ziemlich schwere Paket auf den Kopf donnert.

## Gesundheitscheck

*„Friedvolle Grüße und ein munteres Hallo. Hier ist Human Netzradio, euer fröhlicher Sender. Heute ist der 1. Januar 5014. Ein neues Jahr voller Freude liegt vor uns. Zunächst das Wetter..."*

Hartriegel erwachte durch ein unbestimmtes Grummeln in seinen Innereien. Seufzend gestand er sich ein, dass die jährliche Diagnose schon lange fällig war.

Erneut grummelte es, dieses Mal so heftig, dass der geplagte Hartriegel es nicht mehr ignorieren konnte. Erneut seufzend brachte er sich mit einem leichten Knopfdruck von der senkrechten Schwebeschlafposition in Aufwachstellung. Während er sich, den Hintern kratzend, in Richtung der Nasszelle bewegte, erkannte er an den gewohnten Geräuschen, dass auch seine derzeitige Gefährtin aufgewacht war.

„Morgendliche Grüße, Hartie."

Er murmelte einen Morgengruß, während er darüber sinnierte, ob die gemeinsame Zeit abgelaufen war. In den letzten Dekaden ging ihm Lihoba mehr und mehr auf die Nerven. Vielleicht sollte er sie gegen ein Exemplar der neueren Generation ersetzen. Die neuen Begleitrobotinnen wurden im Netz verstärkt angepriesen und schienen alle Lebensbereiche abzudecken. Nun, das konnte er in Ruhe entscheiden, jetzt würde er sich den wichtigeren Dingen widmen.

„Ich denke, ich werde eine Diagnose machen lassen", verkündete er beim Vitaminfrühstück.

„Das ist eine gute Idee, mein Lieber", wie üblich lächelte Lihoba zustimmend, doch heute erinnerte ihn ihr Gesichtsausdruck an die Zeichnungen des vor Urzeiten ausgestobenen Carcharodon Carcharias.

Eilig würgte Hartriegel seinen Energiedrink hinunter. „Ich will dann mal los!"

Auf dem Weg zum Aufzug durchzuckte ihn ein bestürzender Gedanke: Hatte er vorhin wirklich seine tägliche Dosis Glücklichmacher genommen? War es wirklich nötig, sich die Pille jeden Tag einzuverleiben? Was würde geschehen, wenn man das nicht tat? Schnell unterdrückte er diese ketzerischen Gedanken und setzte die normale freundlich-glückliche Miene auf.

Vor der Wohneinheit erfasste ihn die übliche Sturmböe. Nun, er konnte sich glücklich schätzen, an einem geschützten Ort zu leben. Durch den hohen, die Stadt komplett umgebenden Damm war das Wetter erträglich. Dass die Bewohner ihre Stadt nicht verlassen konnten, nahm man hin, vermisste nichts. Human City bot Schutz, Nahrung und ein gewisses Maß an Unterhaltung. Die wenigen Menschen, die es, starrsinnig wie sie waren, außerhalb der schützenden Mauern aushielten, schienen nicht viel mit zivilisierten Humanoiden gemein zu haben. Dem unsagbaren Wetter ausgeliefert ähnelten sie Tieren, das wurde nur zu oft im Netz propagiert. Hartriegel hatte sich im Bildungszentrum genau über die in grauer Vorzeit durch eine gewisse Unachtsamkeit ausgelöste Umweltkatastrophe informiert. Hier erfuhr er, dass sie nicht mehr rückgängig zu machen war. Doch man hatte gelernt damit umzugehen, zumindest in der größten Stadt des Planeten.

Das Sammeltaxi brachte Hartriegel direkt bis vor die Tür des Diagnosetowers.

Hier begrüßte ihn die allseits beliebte Empfangsmaschine. „Gesunde Grüße", schnarrte sie. „Womit kann ich helfen."

Hartriegel verzog das Gesicht. Er bevorzugte Empfangsmaschinen, die ihn annähernd an seine Spezies erinnerten, was hier nicht der Fall war. Trotzdem bemühte er sich um einen freundlichen Tonfall. „Ich hätte gerne einen Rundumcheck."

Die Maschine schwieg für einen Moment und taxierte ihn mit ihren Sensoren. „Das würde in deinem Fall 750 Einheiten kosten, dieses Angebot beinhaltet ein persönliches Gespräch mit Herrn Doktor Schmunck. Die kleine Diagnose, ohne persönliche Beratung, kann ich für 400 Einheiten anbieten."

„Was?", Hartriegels Magen und Darmtrakt kam in Wallung und auch in seinem Gemüt fing es an gewaltig zu grummeln. „Die letzte Komplettdiagnose habe ich noch für 500 Einheiten bekommen, allerdings ohne Gespräche. Ich habe nicht vor, das Gesundheitssystem zu sanieren. Ich will nur einen Check."

Die Maschine schien ihn erneut zu taxieren. „Ich habe nicht verstanden. Bitte wiederholen: Wünschst du die komplette Diagnose für 750 Einheiten, inclusive eines persönlichen Gespräches mit Herrn Doktor Schmunck, oder die kleine Diagnose für 400 Einheiten?"

Hartriegel war kurz davor, in Unruhe zu verfallen, was ihn einigermaßen verblüffte. Hatte er tatsächlich vergessen, seinem Frühstück die Glücklichmacher hinzuzufügen? Das konnte er sich nicht vorstellen, denn bisher hatte er die blauen Riegel routinemäßig in seinem Energiedrink aufgelöst und so immer zu sich genommen. Schließlich war die Einnahme dieses Medikamentes eine Grundbedingung für das Leben in Human City. Jeder, der sich dem entzog, wurde früher oder später aussortiert, verschwand auf nimmer Wiedersehen.

„Ich wünsche die große Diagnose für 750 Einheiten", sagte er laut und deutlich, seine merkwürdigen Gefühlswallungen mit aller Macht unterdrückend. Insgeheim nahm er sich vor, sofort nach dem Heimkommen zur Sicherheit noch einen Glücksriegel zu sich zu nehmen.

Die Empfangsmaschine schnarrte. „Ich wiederhole: eine komplette Diagnose. 750 Einheiten, sofort nach dem Einloggen zu entrichten. Begib dich bitte in Einheit 7."

Wie üblich entpuppte sich die Einheit als ein steriler Raum, dessen gesamte Rückwand von der Diagnosemaschine eingenommen wurde.

„Gesunde Grüße", begrüßte sie den eintretenden Patienten. „Bitte den Andockpunkt frei machen. Anschließend wirst du in den Schwebeschlaf versetzt, während die Diagnose erstellt wird. 750 Einheiten werden automatisch von deinem Konto abgebucht. Nach dem Aufwachen wird Herr Doktor Schmunck ein persönliches Gespräch mit dir führen. Es besteht kein Grund zur Beunruhigung, entspanne dich."

Während Hartriegel seinen Overall seitlich öffnete, um die steckdosenartige Andockstelle in seiner Hüfte freizumachen, versuchte er sich weiter zu entspannen, was nur bedingt gelang. Die Maschine schien seine Unruhe zu bemerken, denn während sich ihre Tentakel leise surrend auf ihn zu schlängelten, wiederholte sie den letzten Satz. „Es besteht kein Grund zur Beunruhigung, entspanne dich."

Hartriegel erwachte mit laut klopfendem Herzen. Ein schwarz gekleidetes Wesen stand vor ihm und schaute ihn freundlich an. „Da ist unser Patient ja wieder", tönte es mit jovialer Stimme. „Ich bin Doktor Schmunck. Wie fühlen Sie sich?"
Prüfend schaute der Angesprochene sich um. Er befand sich in einer Einheit, die sich nicht wesentlich von Nummer 7 unterschied. Oder war dies gar die Einheit 7 und die Diagnosemaschine hatte sich auf wunderliche Weise in die Wand zurückgezogen?
„Ich fühle mich gut", erwiderte er vorsichtig. „Es grummelt nicht mehr in meinem Inneren."
„Nun, das Grummeln ist nicht das Problem", begann Dr. Schmunck, immer noch sehr liebenswürdig. „Es handelte sich um ein altersbedingtes Unwohlsein. Damit könnten Sie leben. Etwas anderes macht uns große Sorgen", hier zögerte der Doktor einen Moment, räusperte sich. Sein Gesicht bekam einen verknautscht-traurigen Ausdruck. „Wir haben festgestellt, dass Sie es versäumt haben, sich

die nötige Dosis des im Volksmund als Glücklichmacher bekannten Medikamentes zuzufüh-
ren. Das ist sehr bedenklich, denn dadurch ist
es zu Unregelmäßigkeiten gekommen. Sie
reagieren über, haben zu viele Aggressions-
stoffe produziert und sind somit für unsere
Gesellschaft nicht mehr tragbar." Hier verstummte der gute Doktor.

„Aber, aber", Hartriegel schluckte krampfhaft.
Alle Horrorgeschichten über Amokläufe in
den dunklen Zeiten fielen ihm mit einem
Schlag ein. Sollte er tatsächlich, ohne es zu
wollen, zu einem solchen Aggressor mutieren?
Nein, und nochmals nein. Das wollte er ganz
und gar nicht. Lieber würde er tonnenweise
Glückspillen schlucken.

„Das kann nicht sein, Herr Doktor", rief, ja
schrie er. „Ich bin mir sicher, dass ich das
Medikament immer genommen habe. In letzter
Zeit hatte ich ständige Probleme mit dem Magen, was zu Durchfällen geführt hat. Vielleicht
habe ich die Glücklichmacher irgendwie aus-
geschieden, ehe sie sich auflösen konnte. Das
ist alles ein großes Missverständnis."

Wie zum Beweis grummelte es wieder in ihm.
Hartriegel fasste sich an den Magen, konnte
jedoch nichts fühlen. Keinen Widerstand, keine Bauchdecke, überhaupt kein Körper. Er hob
die Hand, sah sie jedoch nicht. Er fühlte, dass
er die Hand hob, doch sie schiene unsichtbar
zu sein. Genau so ging es ihm mit seinen Bei-

nen. Sein Körper hatte sich buchstäblich in Luft aufgelöst.

Fassungslos schaute er den Doktor an, der ihm plötzlich seltsam unwirklich vorkam. Doktor Schmunck schüttelte begütigend den Kopf. „Wie Sie gerade bemerken, sind wir gezwungen gewesen, Sie erst einmal zu neutralisieren. Ihr Bewusstsein befindet sich zurzeit in einem Genpool, bis wir beschlossen haben, wie wir weiter mit Ihnen verfahren. Das kann einige Zeit in Anspruch nehmen. Doch scheinen sie mir nicht zu den asozialen Elementen zu gehören, welche die Einnahme der erforderlichen Medikamente verweigern."

„Sicher nicht, Herr Doktor", warf Hartriegel verzweifelt ein. Das muss alles ein Irrtum sein, bitte..." Er hob flehend die nicht sichtbaren Hände.

„Beruhigen sie sich", Doktor Schmunck schaute fast mitleidig drein. „ Es könnte sein, ja, es ist wahrscheinlich, dass wir ihnen eine zweite Chance geben. Eine Wiedergeburt, sozusagen."

Die Silhouette Doktor Schmuncks wurde zunächst undeutlich, löste sich schließlich in einem flockigen Nebelschwaden auf. Alles um Hartriegel herum wurde friedlich und ruhig.


*„Heuri, Hallo und friedvolle Grüße. Hier ist euer Muntermacher, Human Netzradio, auch*

am letzten Tag des Jahres 5015 mit einer brandaktuellen Meldung: Wieder sind einige wenige Humanoiden aufgegriffen worden, die versuchten, den Frieden in unserer schönen Stadt zu stören. Wieder einmal haben wir es der Achtsamkeit der Androiden zu verdanken, dass diese asozialen Elemente schnell ausfindig gemacht werden konnten. Nach einer angemessenen Läuterung bekommen auch diese Störenfriede eine neue Chance. Nun zum Wetter..."

Hartriegel erwachte durch die fast unerträglich muntere Stimme des Moderators und ein unbestimmtes Grummeln in seinen Innereien, ein Grummeln, das er einfach nicht ignorieren konnte. Entschlossen brachte er sich in die Aufwachstellung und während er sich, den Hintern kratzend, in Richtung der Nasszelle bewegte, erkannte er an den gewohnten Geräuschen, dass auch seine Gefährtin aufgewacht war.

„Morgendliche Grüße, Hartie."

„Morgendliche Grüße, meine Teure", murmelte er, während er darüber sinnierte, dass die Begleitrobotin ihn tatsächlich eine Menge gekostet hatte, die Bezeichnung „meine Teure" also nur zu richtig war. Doch ehe er den Gedanken weiter spinnen konnte, griff er zur immer parat liegenden Tablettenschachtel. „Sicher ist sicher", murmelte er und schluckte eine Extradosis Glücklichmacher, während

Lihoba ihm aufmerksam zusah und zustimmend lächelte.

## Sie haben Post

Es gibt böse Engel, definitiv.
Der Briefzusteller ist so einer. Wieder schwebt er an mir vorbei als wäre ich nicht vorhanden. Im letzten Moment allerdings schaut er mich kurz und höhnisch an. Wahrscheinlich unterschlägt unsere Post seit einer geraumen Weile. Das habe ich als erstes festgestellt, dass auch Engel fies sein können. Keine Ahnung, wie lange ich jetzt schon auf dieser Wolke sitze und Hosianna singe. Jedenfalls kommt mir die Zeit unendlich lang vor.
Neben mir angedockt ist die Wolke meines Mannes. Er lungert dort herum, schnarcht und räkelt sich wie damals. Nur die Flasche Bier fehlt, dafür hat er Manna satt.
Es ist okay, dass er an meiner Seite ist, schließlich haben wir uns sehr geliebt. Hin und wieder frage ich mich, wie das bei den Paaren ist, die sich nicht mochten oder bei Geschiedenen. Müssen die auch für immer zusammenbleiben? Das stelle ich mir nicht besonders lustig vor. Und was ist mit denen, die mehrfach verheiratet waren? Das wird mir dann doch zu kompliziert, ich lasse das Nach-

denken mal lieber sein und konzentriere mich wieder auf das Singen. Das ist wichtig, wegen der Dichtigkeit. Schließlich will ich mich nicht in Luft auflösen.

Apropos Luft: Wieder einmal muss ich meinen damalig Angetrauten darauf hinweisen, dass sein rechtes Bein dabei ist, sich in lauter kleine Wölkchen zu verwandeln. Er stutzt, guckt kritisch nach unten und fängt gleich mit einem inbrünstigen Hosianna an, was seinem Bein eindeutig zugute kommt. Es materialisiert sich nämlich wieder.

Es ist halt harte Arbeit, sich hier im Himmel zu halten, denn wir müssen selbst für unsere Dichtigkeit sorgen. Niemand schert sich einen Deut darum, ob wir das so ohne weiteres schaffen. Eine Gewerkschaft gibt es auch nicht und so haben wir einen sechzehn Stunden Tag, den wir mit dem erwähnten Hosianna Gesang verbringen. Was bleibt uns auch übrig, dann wer will schon als ausgefranstes Wolkenfragment durch den Orbit taumeln, bis er von einem Sonnensturm in alle Winde verweht wird.

Es gibt noch eine andere Möglichkeit, um die Dichtigkeit zu erhalten, aber darauf haben wir hier oben keinen Einfluss. Einzig die auf der Erde Zurückgebliebenen können uns helfen, aber das wissen sie leider nicht. Je intensiver und liebevoller sie an uns denken, umso besser ist es für uns, umso weißer und schimmernder sehen wir aus, was uns allgemeine Bewunderung einbringt.

Aber es gibt auch das Gegenteil, denn an wen mit Hass oder gar Abscheu gedacht wird, der kann noch so viel und inbrünstig singen, es hilft ihm nicht. Irgendwann ist er eine Fransenwolke und treibt davon. Merkwürdigerweise sitzen alle Schufte und Schurken, die irgendwie prominent waren auf ihren Wolken. An sie scheint ständig gedacht zu werden und zwar im positiven Sinne. Manchmal erscheinen sie etwas durchsichtiger, aber genauso schnell erstrahlen sie wieder. Ich frage mich, wieso diese Typen überhaupt hier zwischen uns sitzen? Gott muss zuweilen mächtig verwirrt sein.

Einmal am Tag kommt der Briefzusteller vorbei und verteilt die Gedanken, die fein in Briefumschläge verpackt sind. Leider ist für uns in letzter Zeit nichts dabei, was mich langsam nervös werden lässt. Wir haben vier Kinder mit den dazugehörigen Partnern! Und neun Enkel!

Bisher habe ich mir nie Gedanken machen müssen. In schöner Regelmäßigkeit kamen Briefumschläge für uns, in denen sich immer gute Gedanken befanden. So konnten wir uns das eine oder andere Päuschen erlauben. Denn, wie ich bereits bemerkte, ist die ewige Singerei ganz schön ätzend.

Huch, es ist bereits wieder Morgen, der Postzusteller schwebt an uns vorbei, dieses Mal gemein grinsend. Darf der das eigentlich? Wo bleibt hier die himmlische Güte? Ehe ich von bösen Gedanken übermannt werde, singe ich laut und akzentuiert. Mein Mann fällt brummelig in meinen Gesang ein. So vergeht eine Weile, bis Petrus mit grimmiger Miene auf uns zugestapft kommt.

In der Hand hat er ein riesiges Bündel mit Briefumschlägen. „Der Postengel, dieser Schlingel, hat wohl etwas gegen euch", grollt er. „Er hat eure Post einfach nicht zugestellt. Ich bringe sie euch persönlich, damit nicht noch etwas bei der Zustellung schief geht."

Er reicht mir das Päckchen und dreht sich abrupt um. „Büßen ... degradieren ... Wolke ganz unten ...", höre ich ihn im Weggehen murmeln.

Entzückt öffne ich den obersten Umschlag. Mein Mann ist zu mir gehopst und schaut mir über die Schulter. Ein wunderbarer Gedanke flattert uns entgegen: ‚Liebe Mama, heute wärst du 100 Jahre alt geworden. Alles Gute zum Geburtstag, wo immer du auch bist. Wir alle denken an dich.'

Ich werde undicht, aber auf andere Weise als sonst. Mir kullern nämlich Tränen über das Gesicht.

„Nicht weinen, Liebes, alles ist gut", flüstert mein Mann mir ins Ohr und nimmt mich in die Arme.

## Der Weihnachtsmann als Einbrecher

„Schätzchen, wenn du so weiterputzt, hast du bald das Leder durchgeschrubbelt."

Lia schaute prüfend auf ihre Stiefel und nicht weniger kritisch ihren Vater Sven an. „Der Nikolaus will saubere Stiefel sehen", stellte sie fest, hörte aber auf zu wienern. „Die glänzen", fügte sie nicht ohne Stolz hinzu und stellte ihre Stiefel im Korridor ab.

„Prima, dann kann der Nikolaus ja kommen." Sven war echt beeindruckt von der Putzleistung seiner kleinen Tochter. ‚Hoffentlich bleibt das so', dachte er, wusste aber aus Erfahrung, dass sich mit zunehmendem Alter der Ordnungssinn bei den meisten Kindern verflüchtigt. Schließlich war das auch bei ihm nicht anders gewesen.

Lia stand noch immer nachdenklich vor ihren Stiefeln. „Der Nikolaus hat viele Geschenke in seinem Sack, nicht, Papa?"

„Klar, er muss ja allen Kindern etwas bringen. Jedenfalls denen, die brav sind", fügte Sven sicherheitshalber hinzu.

„Dann muss er sich bestimmt beeilen, sonst schafft er das gar nicht!"

‚Was für ein kluges Kind', sagte sich der stolze Vater. „Das wird wohl so sein, Schätzchen. Aber er kriegt das hin. Immerhin bekommt er in jedem Haus ein paar Kekse. Das hilft ihm weiter."

Lia sah ihn entrüstet an. „Aber Papa, wenn er überall auch noch Kekse isst, dann braucht er ja noch länger! Und wenn er dann ganz satt ist, will er bestimmt schlafen, so, wie du das immer machst ...“

„Ach was, der Nikolaus schläft nach getaner Arbeit drei Tage lang. Das mache ich aber nicht“, erklärte Sven grinsend. „Du musst dir wirklich keine Gedanken machen. Wenn er deine blank geputzten Stiefel sieht, dann ist er bestimmt ganz zufrieden und schenkt dir das Plüschpferd, das du so gern haben möchtest.“

„Mit einem kleinen rosa Herz auf dem Popo“, fügte Lia ernsthaft hinzu.

Sven nickte. „Mit einem kleine rosa Herz auf dem Po. Ganz bestimmt.“

„Aber wenn er sich so beeilen muss ...“ Lia wandte sich entschlossen ab und ging in ihr Zimmer. Bald darauf kam sie mit einem kleinen Bild in der Hand zurück in den Korridor, das sie triumphierend schwenkte. „Das ist ein Bild von dem Pony und man kann ganz genau das Herz auf dem Po sehen. Das haben wir doch aus dem Geschäft mitgenommen, in dem wir das schöne Pony gefunden haben. Erinnerst du dich? Ich habe es verwahrt“, erklärte sie ihrem verblüfften Vater. „Das legen wir mit auf den Teller mit den Keksen, dann weiß der Nikolaus ganz genau, was er mir bringen wollte und kann sich nicht vertun!“

Gesagt, getan. Ein Teller mit Keksen und dem Ponybild wurde neben die Stiefel gestellt und obwohl Lia es sich vorgenommen hatte, so lange wach zu bleiben, bis der Nikolaus kam, war sie ganz schnell eingeschlafen. Schließlich war es ein aufregender Tag gewesen.

Am nächsten Morgen stürmte sie gleich nach dem Aufwachen in den Korridor. Dort schnappte sie entzückt nach Luft, denn neben dem leeren Keksteller stand das schönste Pony, das sie sich vorstellen konnte. Zudem hatte es tatsächlich das kleine rosa Herz an der richtigen Stelle. Das Bild hatte der Nikolaus wohl mitgenommen, denn es war nicht mehr da.

Sven gesellte sich zu seiner Tochter. „Siehst du, der Nikolaus hat dir das Richtige gebracht. Du hättest dir gar keine Sorgen machen brauchen."

„Er hat ja auch das Bild gehabt", antwortete Lia im Brustton der Überzeugung. „Wer weiß, ob er sich nicht doch vertan hätte."

Später, beim Frühstück wurde Lia wieder nachdenklich. „Du, Papa!"

„Ja, Schätzchen. Iss auf, wir sind spät dran", antwortete Sven zerstreut, während er seine und Lias Sachen zusammensuchte.

„Du, Papa, wie ist der Nikolaus überhaupt ins Haus gekommen?" Dieser Gedanke ließ Lia keine Ruhe. „Du hast doch gestern die Haustür zweimal abgeschlossen, das habe ich genau gehört, obwohl ich schon im Bett war."

„Stimmt, habe ich." Sven blieb verblüfft stehen, in einer Hand seine Kaffeetasse, in der anderen Lias Jacke.

„Ja, aber wie ist er dann reingekommen?", Lia überlegte. Dann murmelte sie mit Grabesstimme: „Bestimmt ist er eingebrochen!"

„Nein, ganz bestimmt nicht!"

„Bestimmt! Er ist sicher eingebrochen. Macht er das überall, wenn die Tür zu ist? Dann braucht er wirklich lange. Ein Glück, dass ich das Bild hingelegt habe."

Sven kratzte sich den Kopf, denn am frühen Morgen war er noch nicht für Erörterungen solcher Art ausgelegt. Doch während Lia ihren Vater erwartungsvoll ansah, kam ihm die Erleuchtung. Er grinste seine Tochter erleichtert an. „Einbrechen, das muss er nicht, Schätzchen. Er hat ja einen Generalschlüssel!"

Und um weiteren morgendlichen Diskussionen über den Nikolaus, Generalschlüssel, Pferde mit Herzen auf dem Po und der Welt im Allgemeinen aus dem Weg zu gehen, half er Lia, die zu Ende gefrühstückt hatte, so schnell wie möglich in die Kita zu kommen.

## Männerhort

Alfi setzte sich lustlos auf die Bank nahe der Rolltreppe und schaute resigniert seiner Frau hinterher, die sich geschickt zwischen vollgepackten Wühltischen und Kreuzwinkelständern durchschlängelte. ‚Reduziert' stand auf fett bedruckten Schildern. Er hatte schon vor langer Zeit festgestellt, dass sie süchtig war. Nicht etwa nach Sex, Drugs and Rock'n'Roll, damit hätte er gut leben können. Nein, sie war süchtig nach roten Etiketten. Gerade jetzt, in der heißen Phase des Schlussverkaufs schien sie ihm immer weniger zurechnungsfähig zu sein.

Neben ihm ließ sich ein Leidensgenosse nieder und zückte sein Smartphone.

„Auch hier abgestellt worden?", begann Alfi das Gespräch.

Der Nebenmann starrte weiter auf das Smartphone, hielt aber zwei Finger hoch.

„Du armes Schwein, zwei Kreditkarten?", entfuhr es Alfi schockiert, worauf der Angesprochene resigniert mit den Schultern zuckte, auf dem Handy herumtippte und etwas weiter abrückte. Auch ein Junge rümpfte im vorbeigehen die Nase. „Mama, der Mann stinkt ganz doll!", stellte er fest, worauf ihn seine Mutter resolut weiterzog.

Alfi schnüffelte an seinen Unterarmen. Wirklich roch er nach allen möglichen Duftwässerchen. Seine Frau hatte ihn in der Parfumabteilung mit etlichen Düften besprüht, was eine merkwürdig riechende Mischung ergab.

‚Wenigstens bekomme ich jetzt wieder gut Luft, trotz Schnupfen', dachte er ergeben.

Sein Sitznachbar murmelte unflätig vor sich hin und tippte heftig auf das Display. Er schien einen ziemlich brutalen Ego Shooter zu zocken. Alfi riskierte einen interessierten Blick, was den Nachbarn dazu veranlasste bis an die Kante der Bank zu rücken. Scheinbar war mit diesem Typen kein vernünftiges Gespräch möglich. Alfi beschloss, ihn gänzlich in Ruhe zu lassen. Lange konnte es ja nicht mehr dauern und wenn er ehrlich war, so war er froh, dass seine Frau ihn nicht mit zur Anprobe Kabine genommen hatte.

Das letzte Mal kam sie, während er vor der Kabinentür stand und sich deplatziert vorkam, freudestrahlend und in einen lila Kaftan gehüllt hinaus, unter dem sie eine Pumphose trug. Sie drehte sich vor dem großen Spiegel im Hintergrund und wandte sich dann Alfi zu. „Was meinst du, sieht das gut aus?"

Diese Frage war eine böse Falle, das hatte er aus bitterer Erfahrung gelernt. Er musterte sie vorsichtig. „Wie findest du es denn."

Worauf sie stirnrunzelnd „Ich will aber deine Meinung wissen" sagte.

Er war versucht zu antworten: „Das willst du doch sonst nie." Verkniff sich das aber lieber und murmelte stattdessen: „Es, äh, sieht toll aus."

Wieder drehte sie sich prüfend vor dem Spiegel. „Es ist nicht perfekt, ich ziehe noch etwas anderes an."

So war es eine ganze Weile gegangen. Das Ende vom Lied war gewesen, dass sie alle voluminösen Kleidungsstücke gekauft hatte. „Weil du sie so gut findest, mein Hase."

Alfi schrak aus seinen Gedanken auf, denn eine Frau hatte sich fußwippend vor seinem Nebenmann aufgestellt. „Bist du endlich fertig?", fragte sie und stellte mehrere Tüten vor ihm ab. Ergeben steckte der Mann sein Smartphone in die Jackentasche, griff sich die Tüten und trottete hinter ihr her.

Auch Alfis Frau kam auf ihn zu. Erstaunlicherweise hatte sie nur eine Tragetasche bei sich.

„Och, du Arme. Hast du nichts gefunden?", sagte er, doch sein Sarkasmus pralle an ihr ab. „Doch, das siehst du ja. Und nur Reduziertes. Ich habe so viel gespart!" Triumphierend wedelte sie mit dem Kassenbon.

„Dann ist es ja gut. Dann können wir jetzt nach Hause fahren." Erfreut stand er auf, griff nach der Tragetasche.

Seine Frau strahlte ihn an. „Ach was. Bleib du hier ruhig gemütlich sitzen. Eine Etage höher gibt es reduzierte Dessous. Da muss ich doch mal durchgucken. Es ist ja nur für dich, mein

Hase", zwitscherte sie aufgeregt. „Oder willst du mich begleiten und auch was aussuchen?"

Alfi ließ sich auf die Bank zurücksinken und schüttelte matt den Kopf.

Sie musterte ihn prüfend. „Ich glaube du langweilst dich ein wenig. Warum gehst du nicht in den Mediamarkt im Untergeschoss und guckst dir dort etwas an. Aber du weißt ja, den ganzen Technikkram brauchen wir nicht. Dafür brauchen wir unser sauer verdientes Geld nun wirklich nicht ausgeben ..."

## *Mindestens alle zwei Tage ...*

Überrascht ließ Christine die Zeitschrift sinken.

Sie hatte sich eine Auszeit gegönnt, weil die Kinder mit ihren Großeltern im Zoo waren und weil sie heute Nachmittag frei hatte. Sie hatte sich gleich beim Heimkommen von den hohen Hacken und der beengenden Bürokleidung befreit, war in Joggingklamotten und Puschelsocken geschlüpft. Ein Gläschen Prosecco, ein paar süße Sünden und die neueste Ausgabe einer Hochglanz Klatschzeitschrift, damit wollte sie den Nachmittag genießen.

Und jetzt das!

Hier stand tatsächlich, dass das durchschnittliche deutsche Ehepaar alle zwei Tage Sex miteinander hatte. Nun, das traf auf ihre Ehe so gar nicht zu. Die Zeiten, in denen Stefan im Badezimmer über sie hergefallen war, wenn sie aus der Dusche kam, waren definitiv vorbei.

Überhaupt war das bisschen Sex, das sie miteinander hatten seit der Geburt der zwei Kinder einfallslos und ähnelte eher einer gymnastischen Pflichtübung. Waren sie also ein Problempaar? Christine überlegte. Wie oft musste man wohl Liebe machen, um noch der Norm zu entsprechen? Ein - zwei Mal pro Woche? Von wegen! Laut dieser Statistik alle zwei Tage! Wer waren diese Leute überhaupt, die das von sich behaupteten? Waren die niemals müde oder lustlos? Oder waren ausschließlich kinderlose Paare unter dreißig befragt worden? Eins war klar, Kinder und andauernder Sex - das ging in einer Ehe eher nicht.

Wie sollte man als Ehefrau und Mutter Leidenschaft empfinden, nachdem man den ganz normalen Abendwahnsinn überstanden hatte? Man die Kinder gefüttert, gebadet, ins Bett gebracht hatte. Nicht wie das im Film vor sich ging, sondern in der Realität.

Dazu gehörte es, die tägliche Abendmahlzeit zu kochen, für den Kleinen zu pürieren. Den Großen zum Essen zu animieren, wenn er gerade keinen Spinat wollte und die Fischstäbchen verschmähte. Gegebenenfalls Geschwisterstreit zu schlichten, Tränen zu trocknen. Dann vertrocknete Essensreste des Kleinen vom Boden aufzuputzen. Den Großen anzumotzen, weil er das Dessert mit den Fingern aß und die Reste in die Hosentasche steckte.

Inzwischen grölte der Kleine fröhlich: „Hab' nen Stinker", musste also sofort gewickelt werden. Der Große bestand darauf, sich allein bettfertig zu machen, wobei er mit der elektrischen Zahnbürste wie Papa rasieren spielte.

Nachdem Christine, ganz geduldige Mutter, ihm die Zahnbürste in den Mund gesteckt und ihn vergeblich zum Pinkeln aufgefordert hatte, brachte sie die Kinder zu Bett. Was bedeutete, dem Kleinen ein Gutenachtlied zu singen, dem Großen eine Geschichte vorzulesen, schlaf gut Bussis zu verteilen, das Licht zu löschen und die Kinderzimmertür sacht zuzuziehen.

Vor der geschlossenen Tür holte sie meistens tief Luft, denn so einfach war das Zubettgehen der Kinder in der Regel nicht.

Der Große wollte noch ein Küsschen, erklärte lautstark, dass er Pipi müsse. Der Kleine hatte Durst, bekam seine Trinkflasche mit Wasser, bemerkte dann dass sein Kuschelteddy verschwunden war, während der Große darauf bestand, dass sie die fiesen Monster unter dem Bett verscheuchte - aber lieber solle das Papa machen. Worauf sie erklärte, dass Papa noch nicht zu Hause sei, weil er schwer beschäftigt wäre.

„Mama, aber du bist nicht beschäftigt", kam es dann zurück.

„Klar nicht, ich putze gern Gemüse, stecke vollgemachte Windeln in stinkende Tüten, wische euren Dreck auf und räume jetzt gleich die Spülmaschine leer", hätte sie in solchen Augenblicken gern geantwortet, verkniff sich das aber lieber. Schließlich wollte sie nicht wie eine unbefriedigte Zickenmutter wirken, an die sich ihre Söhne später genau erinnern würden.

Endlich auf dem Sofa zappte sie sich durchs Fernsehprogramm, blieb meist bei einer geist-entleerenden Sendung à la Dschungelcamp hängen. Sie stellte sich nicht vor, wie zerzaust sie aussah, irgendwie war ihr das auch egal und nach heißem Sex stand ihr der Sinn so gar nicht.

Wie zur Hölle machten es also diese Paare, die es immerzu miteinander trieben? Jedenfalls jeden zweiten Tag.

Dabei liebte sie ihren Stefan. Mit allen seinen Fehlern, seiner Unordnung, seiner Unfähig-keit, sich Termine zu merken, zumindest Ter-mine, die die Kinder betrafen. Wo er doch alle Spieler der Bundesliga mit Vor- und Zunamen kannte.

Sie überlegte, dass sie vielleicht die Initiative ergreifen sollte. Ihm eine liebevolle und eroti-sche Partnerin sein könnte.

Genau, sie würde es ihm heute Abend besorgen, es mit ihm treiben wie früher und anschließend erschöpft, nackt und ungewaschen in seinen Armen einschlafen. Schließlich waren sie immer noch jung und verrückt, jedenfalls relativ.

Sie griff zum Telefonhörer, wählte die Nummer ihrer besten Freundin. „Du, ich hab da gerade was gelesen. Sag, wie oft schläfst du mit deinem Mann", legte sie los, nachdem die Freundin sich gemeldet hatte.

Die räusperte sich umständlich. „Na ja, also, wenn du so fragst. Es ist nicht gerade Fifty Shades of Grey, aber regelmäßig schon. So ein - zwei Mal."

„In der Woche?"

„Ach was, im Monat. Du weißt, die Kinder ... und oft fühle ich mich nicht so ... und wie schaut's bei euch?"

„Das klingt gut. Bei uns ist das auch so", kicherte Christine erleichtert, hörte ihre Freundin lachen.

„Christine, du bist eine alberne Tussie. Übrigens: Ich habe da gerade eine dieser unsäglichen Frauenzeitschriften gelesen und etwas gelernt. Wusstest du, dass weibliche Frettchen sterben, wenn sie ein Jahr lang keinen Sex haben?"

## Über Nacht gealtert?

„Mist, auch das noch", grantelte ich vor mich hin und knallte die Autotür fester als nötig zu. Ich hatte mich mit Anne, meiner besten Freundin, zu einem ausgedehnten Einkaufsbummel in der City verabredet, aber mein Auto schien dies verhindern zu wollen. Das sonst so zuverlässige Gefährt sprang einfach nicht an. Frustriert wählte ich Annes Nummer. „Es tut mir leid, Süße, mein Auto streikt. Ich fürchte der Anlasser ist kaputt. Was machen wir?"

„Ich bin schon in unserem Bistrot und habe gerade einen Cappuccino bestellt", kam die prompte Antwort. „Wenn du wartest, bis ich ausgetrunken habe, dann hole ich dich von zu Hause ab."

Anne war wirklich ein Schätzchen, stellte ich einmal mehr fest. Ich schüttelte den Kopf, obwohl meine Freundin das nicht sehen konnte. „Quatsch, das ist total lieb von dir, aber das musst du nicht machen. Bestell dir noch ein Stück Kuchen und ich komme einfach mit dem Bus. Wenn du mich nachher allerdings nach Hause fahren könntest, wäre das super."

So stand ich bald an der Bushaltestelle. Zum Glück ließ der Schnellbus nicht lange auf sich warten. Schon beim Einsteigen bemerkte ich, dass das Gefährt ziemlich voll war. Seufzend stellte ich mich darauf ein, die ganze Fahrt über stehen bleiben zu müssen.

Der Bus fuhr ruckelnd an. Verflixt, ich hatte mich nicht richtig festgehalten und stolperte ein wenig auf den Sitz vor mir zu, auf dem ein jüngerer Mann herumlümmelte. Aufmerksam geworden schaute er mich von oben bis unten an, schien mein Alter abzuschätzen.

Aber was war das für ein Blick? Er schaute mitnichten voller Interesse, sondern eher ... also irgendwie ... an mir vorbei. Irritiert erwiderte ich den merkwürdigen Blick, versuchte ein leichtes Lächeln, das nicht zurückkam. Der Typ schaute immer noch unbestimmt an mir vorbei, runzelte die Stirn. Sein Blick hatte etwas Mitleidiges angenommen.

Ich warf einen prüfenden Blick in die spiegelnde Scheibe vor mir. Tatsächlich entdeckte ich ein - zwei Falten, die ich vorher noch nicht bemerkt hatte. Ist es möglich, über Nacht krass zu altern? Oder hatte ich gestern ein Glas Rotwein zu viel getrunken? Nein, daran konnte ich mich nicht erinnern.

Wieder glitt mein Blick zu dem jungen Mann, der Anstalten machte aufzustehen, obwohl keine Haltestelle in Sicht war.

Oh nein, wollte er mir etwa seinen Platz anbieten? Hallo? Sah ich schon so gebrechlich aus? Was würde als nächstes kommen? Vor meinem geistigen Auge sah ich mich dunkelgraue Gesundheitsschuhe kaufen, Blutdrucktabletten einnehmen und einen Hocker für die Dusche besorgen.

„Ja, ja, Herr Doktor, es ist alles nicht mehr so wie früher", hörte ich mich mit brüchiger Stimme lispeln, während der Doc bejahend nickte und mir ein weiteres Medikament gegen Osteoporose verschrieb. „Und immer schön zur Gymnastik mit dem Stuhl gehen, meine Liebe", gab er mir mit auf den Weg.

Ein energisches Knuffen in meinem Rücken holte mich abrupt aus dieser düsteren Vision. Irritiert drehte ich mich um. Eine kleine, faltige Oma hatte sich hinter mir aufgebaut. „Machen Sie gefälligst Platz, junge Frau", wetterte sie, während sie ihren Stock, mit dem sie mich angeschubst hatte, wieder auf dem Boden abstellte. „Oder wollten Sie sich etwas auf den Platz setzen, den der nette junge Mann extra für mich frei gemacht hat? In ihrem Alter?", sagte sie entrüstet.

„Aber nein, auf keinen Fall", stammelte ich erfreut. „Ich kann sehr gut stehen."


Anne schaute mich prüfend an, als ich in das Bistrot schwebte. „Dafür, dass dein Wagen nicht angesprungen ist hast du aber verdammt gute Laune", grinste sie.

„Yep, habe ich und jetzt lass uns direkt mal das nächste Schuhgeschäft stürmen", strahlte ich sie an. „Ich brauche unbedingt ein Paar Highheels in knallrot."

## Das Salz in der Suppe

„Du weißt, warum ich anrufe", sagt Annerose. Klar weiß ich das, versuche aber, den Kelch durch vorgetäuschte Unwissenheit an mir vorüberziehen zu lassen. „Na ja", sage ich also. „Wir sind Freundinnen und telefonieren deshalb öfter miteinander."

„Ja, schon", antwortet Anne. Irgendwie klingt das leicht gekränkt.

Ich gebe auf. „Natürlich rufst du wegen deines Geburtstags an. Ich wollte dich nur auf den Arm nehmen", rufe ich betont munter in den Hörer.

„Dann ist es ja gut. Ich dachte schon du hättest mich vergessen. Was hältst du also von einem zünftigen Mädelabend?"

„Du weißt, dass ich dafür immer zu haben bin. Wo treffen wir uns? Ich wüsste ein wirklich schnuckeliges Lokal. Es ist bisher noch ein Geheimtipp ...", ich gebe alles, um dem drohenden Verhängnis zu entgehen und weiß doch, dass es sinnlos ist.

Meine Freundin atmet hörbar ein. „Dahin können wir auch ein anderes Mal gehen. Wenn ich Geburtstag habe, will ich euch verwöhnen. Natürlich koche ich für euch. Das gehört sich so!" Dafür, dass Anne so oft über ihre Mutter schimpft, hat sie sich eine Menge Phrasen der alten Dame angeeignet.

„Wann soll es losgehen", frage ich resigniert,

*denn ich bringe es einfach nicht fertig, Anne*
*zu sagen, dass sie die schlechteste Köchin*
*westlich Moskaus ist. Schließlich ist sie meine*
*älteste und beste Freundin.*

‚Mädelabend', denke ich amüsiert, während
ich meine Jacke an Annes Garderobe aufhänge. Das ist ein netter Name für die Zusammenkunft von uns Ü50 Damen.
Im Esszimmer sitzen bereits die Schwestern
Gabi und Gilla. Auf die beiden passt die Beschreibung Mädel schon eher. Sie sind immer
stylisch hipp gekleidet. Ihr Äußeres variiert
einzig designermäßig, je nach Jahreszeit und
manchmal nach der Stimmung. Heute sind
beide in orange, gelb, pink und schlüpferblau
gekleidet. Das schrille Outfit lässt auf einen
lustigen Abend schließen.
„Toll seht ihr aus", sage ich und drücke Anne
einmal kräftig. „Alles, alles Liebe zum Geburtstag, Schätzchen."
„Danke!" Sie nimmt mir die mitgebrachte
Champagnerflasche ab. „Die lege ich gleich
mal auf Eis. Wir haben schon auf dich gewartet. Dann kann es ja losgehen. Als Vorspeise
gibt es Tomaten und Mozzarella."
Während Anne die Vorspeise holt, zwinkert
Gilla verschwörerisch. Alle drei denken wir
das Gleiche. Alles ist im grünen Bereich, bei
der Vorspeise kann unser Geburtstagskind
nichts falsch machen.

„Ich hätte gern das Salz", sagt Gabi vorsichtig, als Anne aus der Küche kommt.

Ein strenger Blick trifft sie. „Du hast noch gar nicht probiert. Übrigens ist Salz ungesund. Das weiß doch jeder."

„Und du als Apothekerin weißt das ganz besonders", fügt Gabi hinzu und bedient sich beim Salz. „Ich habe keinen zu hohem Blutdruck."

„Aber für dein Herz ist das auch nicht gut." Anne gibt nicht auf, beruhigt sich aber schnell wieder und hebt ihr Rotweinglas. „Auf uns. Schön, dass ihr gekommen seid."

„Ich habe bloß schon mal den Salzstreuer gesichert", flüstert Gabi, während Anne in die Küche schwebt, um dem Hauptgericht den letzten Schliff zu geben.

„Das hast du fein gemacht. Besser ist es", grinst ihre Schwester, während ich versuche nicht auch noch zu lästern. Aber eigentlich haben die beiden ja Recht.

Nach einer Weile stellt Anne eine Schüssel und einen großen Teller auf den Tisch. „Putenbrust, Gnocchi mit Käse überbacken", stellt sie stolz ihre Kochkreationen vor.

„Mensch, das sieht ja klasse aus", ruft Gilla leicht erstaunt. Das ist in der Tat wahr. Es sieht superlecker aus, aber es riecht irgendwie merkwürdig.

Gabi reagiert prompt. „Für mich bitte erst einmal ein Löffel. Ich habe schon so viel von

der Vorspeise genommen." Das ist die Über-
treibung des Jahres.

Auch ihre Schwester lässt mich schmählich in
Stich. „Ich muss im Moment arg auf meine
Taille achten", heuchelt sie.

Prompt häuft Anne mir die doppelte Portion
auf den Teller, mir fällt nämlich keine Ausrede
ein. Ich probiere, seufze dann leise, aber ergeben. Das Essen ist wie erwartet. Das Fleisch
ist komplett ungewürzt und jeweils mit einem
traurigen, angebräunten Basilikumblatt belegt.
Wenigstens gibt der Käse den Gnocchis etwas
Geschmack. Dafür verströmt die Mischung
den eigenartigen Geruch. Er erinnert mich
entfernt an ungewaschene Socken.

Alle Drei salzen wir drauflos, aber das bringt
uns auch nicht viel weiter. Gewürze sollten
halt beim Kochvorgang einbezogen werden,
sonst bringt es nichts.

Ich kämpfe mich durch das Geburtstagsessen,
doch irgendwann geht gar nichts mehr. Gabi
und Gilla stochern auf ihren Tellern herum,
schieben das Essen hin und her.

Schließlich merkt selbst Anne etwas. „Was ist
los?", fragt sie irritiert. „Schmeckt es euch
denn gar nicht. Ich habe den ganzen Nachmittag in der Küche gestanden", fügt sie vor-
wurfsvoll hinzu. Ich lege ihr beschwichtigend
die Hand auf den Arm. „Klar ..." Weiter
komme ich nicht.

„Nein", kommt unisono von den Schwestern,

was mich dazu veranlasst Schadensbegrenzung zu betreiben. „Klar hätte dem Fleisch etwas mehr Gewürz nicht geschadet. Aber sonst, ich bin einfach pappen satt!"

Annes empörter Blick lässt mich verstummen. „Hör schon auf. Ich habe, glaube ich, das Salz vergessen. Und der Käse auf den Gnocchis hatte von Anfang an einen ziemlich komischen Geruch. Ich dachte, dass euch das nicht auffällt", grinst sie zu meiner Erleichterung.

„Ohne Gewürze, vor allem ohne Salz, schmeckt es einfach nicht", sagt Gabi und mit einem Augenzwinkern fügt ihre Schwester hinzu: „Auch wenn du eine miserable Köchin bist, so bist du doch eine tolle Freundin."

„Eben, im nächsten Jahr schenken wir dir ein Geburtstagsessen. Keine Widerrede. Jetzt lass uns den Champagner köpfen", gebe ich meinen Senf dazu.

Anne klimpert kokett mit den Wimpern. „Ja was, mögt ihr denn kein Dessert. Wo ich dafür den ganzen Nachmittag in der Küche gestanden habe."

„Was gibt es denn", fragt Gabi vorsichtig.

„Eis mit frischen Erdbeeren, die passen auch fabelhaft zum Champagner. Aber es ist alles völlig salzlos."

„Eis geht immer", grinse ich und denke: ‚Wahrheit ist schon wichtig, so wie Salz in der Suppe, aber zu viel davon kann ganz schön schädlich sein.'

## Sintflutartige Tränenfälle

Das Telefon klingelt.

Ich schaue aufs Display. ‚Oh, schön, es ist Dorothea. Vielleicht können wir nachher etwas unternehmen', denke ich und hebe freudestrahlend ab. „Hallo Schätzchen, das ist aber schön, dass du anrufst. Ich habe gerade an dich gedacht. Hast du nachher..."

„Mir geht es mies (schluchz),Paul, wir haben uns getrennt", werde ich unterbrochen.

Ich bin schockiert. Dorothea und Paul trennen sich? Bei näherem Nachdenken legt sich der Schock allerdings. Wie war das noch im letzten Jahr? Stimmt, da hat sie sich von Theo getrennt. Im vorletzten war es Klaus und im vorvorletzten ... keine Ahnung wie der Typ hieß.

„Oh, Schätzchen, was ist bloß passiert", frage ich teilnahmsvoll.

„Wir (seufz-schluchz), wir haben uns so doll gestritten."

„Ja –ha?!" Ich kann mich dunkel daran erinnern, dass das auch im letzten Jahr der Fall war und im vorletzten. Was der Grund der vorvorletzten Trennung war habe ich vergessen.

„Der Mistkerl, er denkt nie an mich", schluchzt es aus dem Hörer.

Ich halte ihn etwas vom Ohr weg, falls die Tränenflut durchs Telefon dringen sollte. „Wie jetzt, vergessen", frage ich und verkneife mir ein: ‚Ach, mal wieder?'.

Ich kann Paul nämlich nicht leiden, aber das weiß meine Freundin.

Die hat jetzt auch noch einen Schluckauf. „Ich (hicks) war gestern total krank. Die Grippe ... habe den ganzen Tag (schluck) im Bett gelegen. Paul wollte sich Pizza bestellen ...", an dieser Stelle bricht endgültig die Sintflut los, begleitet von Hicksern in unregelmäßigen Abständen.

Ich klemme mir den Telefonhörer zwischen Schulter und Ohr und beginne das Mittagessen vorzubereiten. Erst einmal schneide ich Zwiebeln, aus Solidarität.

„.... Pizza bestellt ...", geht es nach einer Weile weiter. „Ich war eingeschlafen, als ich mich in die Küche schleppe, da hatte er ..."

„Ja was hat er denn", helfe ich nach und wische mir die Tränen aus den Augen. Verflixte Zwiebeln.

„Da hatte er nur noch den leeren Karton vor sich stehen. Er hat mir nix übrig gelassen. Er hat gesagt, er hätte mich vergessen."

‚Pah, vergessen! Der Typ hat einen IQ wie ein Toastbrot. Er kann sowieso nur an sich denken'. Das sage ich natürlich nicht. Stattdessen stelle ich fest: „Gut, dann hast du dich also von ihm getrennt."

"Nein! (flenn), er hat sich getrennt."

75

Wie jetzt? Er hat sich von dir getrennt, weil er dich vergessen hat?"

„Nei(hicks)hein, er hat gesagt, dass wir uns vielleicht mal ne Woche nicht sehen sollten. Da ist mir der Satz rausgerutscht."

Ich schnibbele inzwischen Gemüse. Nicht das ich weiter zuhören möchte, doch es gehört nun mal zu einer Freundschaft dazu. „Welcher Satz denn", frage ich also.

„Na ja, ich habe gesagt: es lohnt sich sowieso nicht mehr, wenn du mich schon mit der Pizza vergisst. Da hat er geguckt und gesagt, dass ich vermutlich Recht habe."

Whow, Paul merkt ab und zu doch was!

„Ich hätte doch nie gedacht, dass er mir Recht gibt", jetzt kreischt meine Freundin mehr, als dass sie schluchzt.

Ich atme tief durch. "Ach, Dorothea, er war sowieso nicht die Liebe deines Lebens. Du wirst schon wieder jemanden finden."

"Und wenn nicht? Ich werde als alte Jungfer sterben!" (heulhickskreisch)

Ich bin mit meinen Essensvorbereitungen fertig und lege das Messer weg.

„Na ja, eine Jungfrau bist du gerade nicht, Süße. Du findest sicher bald wieder einen Typen, der viel besser zu dir passt, als Paul das Toastbrot. Der ist nicht nur blöd, er sieht auch noch aus wie ein scheeler Dorftrottel und hat einen Hängehintern." Ich hab's gesagt! Endlich!

"Meinst du wirklich? (schnäuz)" Sie übergeht das Toastbrot und den Dorftrottel völlig, wahrscheinlich hat sie nicht richtig hingehört. "Also ich finde Paul hat gut ausgesehen. Er war schon ein Traummann." Sie hat definitiv nicht hingehört. „Findest du, dass ich hübsch genug bin?"

Jetzt ist Vorsicht geboten, nicht dass die sintflutartigen Tränenfälle wieder anfangen. „Du wirst ganz schnell einen Neuen finden. Du warst bis dato wie lange Single – ein Jahr insgesamt?"

„Du hast ja Recht. Ich hab schon immer eher einen Freund gefunden als du. Danke, mir geht es jetzt schon viel besser. Was sollte ich ohne dich machen. Aber jetzt habe ich es eilig, muss zur Fitness."

Klick - aufgelegt.

Beim Zubereiten des Essens sinniere ich über das Leben, Beziehungen und gute Freundinnen.

Ich wette, dass sie in spätestens zwei Monaten einen Neuen hat und mir vorschwärmt, wie toll er doch ist. Sie neigt dazu, alles etwas verklärt zu sehen.

Aber was meint sie damit, dass sie eher einen Freund findet als ich? ‚Doofe Tucke', denke ich und muss dabei lächeln.

Egal, sie soll sich ruhig ab und zu bei mir ausheulen, wozu sind schließlich Freunde da. Obwohl – vor der nächsten Heulattacke (und die wird definitiv irgendwann wieder fällig sein) muss ich erst einmal meine Schulter trocknen. Sie ist nämlich ganz nass von den sintflutartigen Tränenfällen...

## *Spontanfete zu Weihnachten*

Ich bin sauer, echt! Nur wegen meiner zwei Nichten muss ich mich heute, am Heiligen Abend durch die Innenstadt quälen.

Bisher habe ich den Mädchen zu Weihnachten immer einen Schein in die Hand gedrückt, das war auch immer in Ordnung so. Plötzlich meint meine Schwester, das wäre nicht gut. Die Kinder würden so den Sinn des Weihnachtsfestes nicht verstehen.

Was für ein Quatsch! Hat das Weihnachtsfest denn überhaupt einen Sinn? Außer, dass man ein paar freie Tage hat, sich diese aber dadurch versaut, dass man sich vorher auf die Geschenkejagd begibt und anschließend alle Verwandte sieht, die man nicht ausstehen kann?

Aber was kann man von einer Schwester erwarten, die ihre Hausfrau- und Mutterrolle perfekt ausfüllt. Die alle Erwartungen der Eltern erfüllt hat, weil sie ihrem Brutinstinkt folgte.

Egal – jetzt jedenfalls bin ich dabei, für jedes

Kind eine schwangere Barbie zu kaufen, die haben sie sich gewünscht.

Überhaupt: Sind Barbiepuppen sinnvoll? Ich habe nie mit den Dingern gespielt, sonst würde ich wohl immer noch auf meinen Ken warten. Statt zu warten habe ich lieber Karriere gemacht.

Sicherlich habe ich einige Kens gehabt und fast alle wollten sie irgendwann Kinder. Aber nur auf meine Kosten: Mein Haus, mein Auto, meine (Haus)Frau, meine (Ken)Kinder, mein Garten (den meine Frau beackert).

Das brauche ich wirklich nicht, auch nicht mit Erziehungsurlaub für den Vater. Der hätte sich in der Zeit sowieso scheiden lassen, denn Windeln mit Kinderkacke machen depressiv. Jedenfalls die Männer, die ich kennengelernt habe.

Wenigstens finde ich die Barbies problemlos, was mich misstrauisch macht. Ich kaufe für jede Nichte noch einen Ken, sicher ist sicher. Dann gibt es auch keine Fragen wegen der Vaterschaft.

Das lässt mich an meinen derzeitigen Ken denken. Er ist eigentlich ein süßer Kerl, sogar ziemlich unkompliziert. Er kann tatsächlich mit meiner gelegentlichen schlechten Laune umgehen. Seltsam, der Gedanke an ihn holt mich aus meinem Tief heraus und ich fahre einigermaßen ausgeglichen nach Hause.

Ein Glück, die Hektik habe ich hinter mir gelassen. Ich lege die eingepackten Nichten Geschenke beiseite, nippe an meinem Matetee und genieße die Ruhe.

Es klingelt an meiner Eingangstür. Oh nein! Ich fluche, bemühe mich jedoch um ein freundliches Gesicht und öffne. Mein Nachbar mit Migrationshintergrund steht vor der Tür: „Du allein, du kommen zu uns. Wir machen alle zusammen Bescherung", stammelt er.

Ich schüttele seine Hand von meinem Arm und kläre auf: „Nix Bescherung, du Moslem, ist Beschneidung. Das ich nicht sehen wollen."

Er schüttelt verwirrt den Kopf. „Nix Beschneidung, heute Bescherung. Ich nix Moslem, ich Kopte, Christ ist geboren." Er schielt an mir vorbei. „Du nix Weihnachtsbaum?"

Ich schüttele wieder den Kopf. „Nein, ich nix Weihnachtsbaum. Ich heute Ruhe brauchen. Viel Ruhe. Danke für Angebot, aber ich jetzt schlafen."

Mit diesen Worten ziehe ich meine Tür zu. Durch den Spion sehe ich, dass der Nachbar zurück in seine Wohnung geht.

Wirklich, was soll das denn! Ich feiere prinzipiell nicht, weil der Kalender mir das vorschreibt. Ich kann auch ohne Vorgabe feiern. Meinen aktuellen Ken habe ich auch auf einer spontanen Fete kennengelernt. Er hat den ganzen Abend zu Schmusemusik mit mir getanzt, ganz eng, gleich von Anfang an. Und ich wusste sofort, dass er der Richtige ist. Hey, ich kriege ganz feuchte Augen. Ich habe wohl was ins Auge bekommen.

Es klingelt erneut. Nicht schon wieder der pseudo christliche Nachbar, echt! Ich reiße entrüstet die Wohnungstür auf und werde von meinen Nichten überrannt.

„Überraschung!!!"

Schwester und Schwager folgen etwas langsamer. Hinter ihnen schlendert mein Ken in die Wohnung. Er haucht mir einen Kuss auf die Lippen, wortlos aber mit Gefühl.

Meine schwer bepackte Schwester verschwindet gleich in der Küche. „Wir haben alles dabei", ruft sie, „du brauchst dir keine Gedanken machen."

Die Nichten streiten, wie immer. "Meine Barbie hat längere Haare!"

"Nö, meine!"

"Aber mein hat viel Geld, wie unsere Tante!"

"Hört mal auf damit!" Mein Schwager lacht und drückt uns Champagnergläser in die Hände. „Wir machen jetzt einfach eine spontane Fete und keine traditionelle Weihnachtsfeier", sagt er.

"Ohne oh du Fröhliche", wispere ich.

Ken knuddelt mich. "Ohne, versprochen."

Ich bin plötzlich unglaublich glücklich. Mir kommt ein Gedanke. „Ich klingele mal eben bei den Nachbarn. Vielleicht wollen sie mit uns feiern."

*Nachtrag:*
*Die Nachbarn haben sich uns angeschlossen und es ist eine tolle Spontanfete geworden. Irgendwie weihnachtlich und dann wieder auch nicht. Wir haben uns richtig gut amüsiert.*
*Übrigens: mein Ken heißt Tim und ich bin Jana. Wir haben uns an diesem denkwürdigen Tag verlobt und in drei Monaten sind wir zu dritt. Aber Weihnachten feiern wir nicht. Wir machen am Heiligen Abend lieber eine Spontanfete!*


## Die Schreibaufgabe

**Heute lernen wir, wie man einen Liebesbrief schreibt. Stellen sie sich ihre große Liebe vor. Was würden sie ihm/ihr schreiben?**

Große Liebe??? Habe ich noch nicht gefunden. Kann ich die Übung vielleicht überspringen oder einen Brief an meinen Hund schreiben? Den liebe ich nämlich sehr!

**Sollten sie im Moment niemanden lieben, so bemühen sie ihre Fantasie. Was würden sie fühlen, wenn sie die große Liebe gefunden hätten. Schreiben sie es auf.**

Was fühle ich? Na ja, ich habe ziemlich großen Hunger. Geht das auch? Mal überlegen. Ich könnte schreiben: Ich habe Hunger nach dir. Quatsch, eigentlich habe ich Hunger auf einen großen Teller Spaghetti mit Sahnesoße. Mist, ich fange fast an zu sabbern. Ob ich erst was esse?

**Lassen sie sich nicht ablenken. Stehen sie zu ihren Gefühlen, erst das macht sie zu einem guten Autor. Versuchen sie es einfach.**

Also gut, dann versuche ich es jetzt. Ich schreibe Tom, das ist meine Lieblingsromanfigur. Ihn könnte ich mir gut als potenziellen Liebhaber vorstellen.

*Lieber Tom...*

Mir knurrt vielleicht der Magen, aber ich lasse mich jetzt nicht ablenken, nicht von meinem undankbaren Körper.

*Lieber Tom, danke für das Date am gestrigen Abend. Das Essen war so lecker! Ich träume immer noch von deiner Sahnesoße, welche die Spaghetti perfekt ummantelte.*

Ja gut, das ist erst einmal in Ordnung. Jetzt knurrt der verflixte Magen schon wieder. Nicht ablenken lassen!

*Vielleicht kannst du mir das Rezept dafür gelegentlich geben, dann kann ich das Gericht allein kochen.*

Das klingt jetzt nicht so besonders liebevoll und schon gar nicht erotisch. Wo ich mir Tom immer als Liebhaber vorgestellt habe. Ich lasse das mit dem Essen mal lieber. Was könnte ich stattdessen…

*Geliebter Tom, das Abendessen gestern war wirklich wunderbar. Die Sahnesoße…*

Schon wieder die Soße, das streiche ich raus.

*Doch noch wunderbarer warst du, mein Liebster. Ich kann immer noch deine Finger auf meinem Körper spüren.*

Da war mal dieser bescheuerte Typ, als ich 15 war. Der hat versucht mich an sich zu drücken, beim Klammerblues im Jugendheim. Anschließend hatte ich einen blauen Fleck auf dem Rücken und habe deswegen eine Menge Ärger mit meiner Mutter bekommen. Sie hatte immer Angst, ich kriege ein Kind. So ein Quatsch. Halt - ein Kind, das ist eine gute Idee.

*Lieber Tom, ich bin schwanger. Ich hoffe du kannst das Kind ernähren!*

Ne, das geht auch nicht. Schwanger einen Tag nach dem Treffen. Verflixt, warum muss es auch unbedingt ein Liebesbrief sein? Kann ich nicht einfach einen Brief an den Installateur schreiben, oder noch besser an meinen Arbeitgeber?

*Sehr geehrter Herr Bossenkötter, wie sie sicher schon gehört haben, bin ich eine erfolgreiche Autorin. Mein neuester Roman wird in Kürze verfilmt. Die Hauptrolle spielt Keira Knightley, finden sie nicht auch, dass sie mir ein wenig ähnlich sieht. Übrigens: die männliche Hauptrolle übernimmt Liam Hemsworth, the sexyest man alive. Da ich deshalb im nächsten Monat an jedem Tag am Set sein muss, kündige ich hiermit das Arbeitsverhältnis per sofort. Hochachtungsvoll.*

Das wäre mal ein Brief! Aber nein, es soll ja ein Liebesbrief sein.
Mein Bleistift ist schon ganz abgekaut, kein Wunder, bei meinem Hunger. Ich versuche es noch einmal.

*Liebster Tom...*

Das Telefon klingelt. Nein, ich gehe nicht dran. Aber es könnte natürlich auch ein Notfall sein. Vielleicht hat meine Mutter einen Unfall, in dem Alter stürzt man schon mal. Es ist wohl besser wenn ich abhebe. Mist, wo ich gerade so kreativ bin.

„Hallo! Oh, hallo Jenny, nein, ich bin nicht beschäftigt, was ist denn los? Spontan Essen gehen? Ist es schon so spät? Da sieht man mal wie schnell die Zeit vergeht, wenn man einen Roman schreibt. Ja klar, ich bin in 15 Minuten in unserer Pizzeria. Ich freuen mich schon auf die Spaghetti Carbonara."

## Ein wichtiges Detail

Schon seit Stunden wälzte er sich in seinem Himmelbett hin und her. Obwohl er nach der gewaltigen Arbeitsanstrengung hundemüde war, wollte sich der Schlaf des Gerechten nicht einstellen.

In Gedanken ging er noch einmal alle Arbeitsgänge durch: Zuerst hatte er den Globus geformt, anschließend Licht und Dunkelheit in Gang gesetzt. Himmel, Wolken, Land und Meere gingen fix, mit den Pflanzen hatte er schon etwas mehr Mühe, doch auch sie gelangen über die Maßen gut.

Zum Glück war ihm noch rechtzeitig eingefallen, dass er Sonne, Mond und Sterne vergessen hatte, man wurde eben nicht jünger. So machte er sich nachträglich daran, den Sonnenball zu installieren und den Mond, den er zum besseren Erkennen ab- und zunehmen ließ in Gang zu setzen. Jetzt noch ein paar Sterne an den Nachthimmel gestreut und schon endete der vierte Tag.

Für die Tierwelt benötigte er einen kompletten und fast den ganzen nächsten Tag, denn er schuf nur Unikate. Schon bei der Anfertigung sorgte er dafür, dass jedes seine Sprache bekam. Allerdings fühlte er sich schon da ziemlich mitgenommen und nickte zuweilen ein, sodass ihm das eine oder andere Tier entglitt, bevor sein Sprachzentrum vernünftig in die Gänge gekommen war. Nun, das würde er irgendwann nachbessern.

Es war spät geworden und er hatte sich vorgenommen heute fertig zu werden. Es fehlten ja eigentlich auch nur noch Mann und Frau. Der Mann war einfach in der Herstellung, die Sache mit der Rippe ließ sich schon komplizierter an, doch letztendlich war auch dieser Arbeitsgang geschafft. Voller Wohlgefallen schaute er sein Gesamtkunstwerk an und es kam ihm ziemlich perfekt vor.

Jetzt, am siebten Tag hatte er eigentlich vorgehabt, himmlisch zu schlummern, doch ein unbestimmtes Gefühl hielt ihn wach. Etwas hatte er vergessen, so sehr er auch grübelte, es wollte ihm einfach nicht einfallen. Seufzend setzte er sich auf und lugte nach unten, wo gerade die Sonne aufging und ein besonders vorwitziger Hahn bereits den Tag ankündigte.

Das war es - er schlug sich vor den Kopf. Der Hahn KRÄHTE und eben setzte das Konzert der frühen Vögel ein.

Die Sprache! Bei den Tieren hatte er darauf geachtet, doch bei der Erschaffung der Menschen war ihm das tatsächlich in der Hektik durchgegangen.

Trotz seiner immensen Müdigkeit sprang er mit einem Satz aus dem warmen Bett, denn hier musste er sofort nachbessern.

„Morschn Chef, wolldest'de nisch' ausruh'n?", rief ihm Petrus kopfschüttelnd hinterher, doch er nahm sich kaum Zeit für eine Antwort.

„Die Sprach'...vergessen...", hallte es dumpf durch die dichte Wolkendecke und schon befand er sich im Anflug auf die Erde.


„Oh mei, wia lang bin i denn im Bett g'legn?" Er kratzte sich verblüfft den Kopf, während er sich das Gewimmel anschaute. In der Tat hatte sich die Menschheit auf verblüffende Weise vermehrt. Inzwischen gab es die verschiedensten Exemplare aller Couleur, die sich zum Überfluss in alle Winde verstreut hatten. Seufzend machte er sich an die Arbeit.

„Hebräisch, Latein, Sanskrit", murmelte er vor sich hin, während er die Liturgiesprachen anlegte. „Shinto, Koptisch." Er fügte noch einige Sprachen hinzu, damit das meckerige Menschenvolk zufrieden war. Denn das hatte er schon nach wenigen göttlichen Momenten festgestellt: Sie waren ganz schön extra.

Er hatte sich vorgenommen, eine einheitliche Regelung zu treffen, doch das erschien ihm nach einigem Experimentieren nicht machbar. So bekam jedes Volk seine ganz individuelle Sprache.

Wie er schon vermutet hatte, hielt ihn dieses babylonische Sprachgewirr für geraume Zeit von seinem verdienten Feierabendschlaf ab, obwohl er zwischendurch immer wieder einmal in einen Sekundenschlaf fiel und es dadurch fast zu einem spektakulären Absturz über dem Indischen Ozean gekommen wäre. In letzter Sekunde fing er sich jedoch und schraubte sich mit einem gekonnten Looping über die Wolken.

Auch vergaß er den Chinesen den Buchstaben ‚R' zu vermitteln, doch das machte er mit einem revolutionären Schriftbild wieder wett. Beim Überqueren des Himalajas entdeckte er durch Zufall ein ziemlich exotisches Völkchen, dem er einige komplizierte Zungenbrecher überließ. Die Gegend gefiel ihm über die Maßen gut.

„Wenn ich meinen Sohn mal hier runter schicke, dann wäre das ein geeignetes Plätzchen", dachte er bei sich.

Jetzt fehlte nur noch ein ziemlich überschaubarer Kontinent irgendwo dazwischen. Hier händelte er die Sprachgebung mit einiger Routine, man hatte ja inzwischen eine gewisse Übung.

„Fertig", mit einem Stoßseufzer und dem festen Vorsatz sich durch nichts und niemanden vom Schlafen abhalten zu lassen, fuhr der Boss schließlich gen Himmel.

Doch an der Pforte erwartete ihn sein Stellvertreter. „Chef, ich weeß, du bisd gaum ansbrechbar, schlieslich hass'de jedzz sieb'n Daache durch im Aggord geschuffded, abor hier is ‚e Brobleem, das geen Offschub dulded.", begann Petrus zögernd und wies anklagend auf ein Häufchen Menschen, die zusammengedrängt, doch entschlossen neben der Himmelstür standen.

„Wo san denn die her und warum sogn die nix, wo i eane gerad eben die Sprache gebracht hab?", fragte der Boss erstaunt.

Petrus rang die Hände. „'Nu, eb'n nich, das is eene Abordnung von und'n. Offensichdlich hass'de ‚se vergess'n?"

Jetzt war es an Gott, die Hände zu ringen. „Oh mei, des kimmt vom vuia Arbeitn und wenga Schlafn. Mir tuat ois weh und mei Kopf is völlig laar." Er überlegte einen Augenblick.

„Woaßt was, Petrus", sagte er schließlich entschlossen, „warum soin die eigentlich net so redn wai mir?"

## *Papa domi esse*

Hans griff beruhigend nach Petras Hand. „Das hätten wir uns nicht träumen lassen, was?", flüsterte er.

„Natürlich nicht. Auf solche Wiederholungen kann ich gut verzichten", raunte seine Frau ihm zu, was ihr einen strafenden Blick des Pfarrers einbrachte. Petra senkte den Blick und bemühte sich um eine entsprechende würdige Trauermiene, was ihr nicht so recht gelingen wollte.

Während der weiteren Zeremonie schweiften ihre Gedanken ab, sie dachte an ihre unglückliche Stiefmutter, die das Geheimnis jahrelang gehütet hatte. Doch letztendlich war doch alles ans Tageslicht gekommen. Nun, ihre Stiefmutter hatte bereits vor einiger Zeit das Zeitliche gesegnet.

„Wenigstens hat sie die Schuld auf sich genommen", murmelte Petra vor sich hin.

„Meinst du, wir werden noch zu Tisch gebeten? Gegen eine kleine Stärkung hätte ich nichts einzuwenden." Dieser lautstark vorgebrachte Kommentar kam von Tante Mine. Die Gute hatte in diesem Jahr ihren achtzigsten Geburtstag gefeiert und war ein wenig schwerhörig.

Der Pfarrer hatte wohl eingesehen, dass mit diesen Angehörigen kein Staat zu machen war. Er beendete die Beerdigung abrupt.

Petra wandte sich an die Tante. „Ein Leichenschmaus ist nicht eingeplant." Sie hakte sich bei Mine unter. „Weißt du was, Tantchen, wir bringen dich jetzt nach Hause. In deinem Alter gehörst du in die warme Wohnung und nicht auf den zugigen Friedhof."

Tante Mine kicherte. „Ach was, den Spaß wollte ich mir nicht entgehen lassen."

Ein bitterböser Blick des Geistlichen traf Mine, sie schlug ein Kreuzzeichen. „Friede seiner Asche." Wieder kicherte sie. Petra seufzte. „Ach, Tante Mine. Deinen Humor möchte ich haben."

Tante Mine mit ihrem losen Mundwerk war damals der Stein des Anstoßes gewesen. Wenn Petra und Hans sie nicht am bewussten Tag besucht hätten und Mine sich nicht mit ihrer Schwägerin gestritten hätte...

*Fünf Jahre zuvor:*

Petra und Hans hatten es sich nach dem Tod von Petras Vater zu einem Anliegen gemacht, mehrmals im Jahr das Urnengrab des Verstorbenen zu besuchen. Anschließend besuchte man Petras Stiefmutter, die weiterhin im gemeinsamen Haus der Eheleute lebte.

Auch an dem bewussten Tag besuchten die beiden erst das Grab, um anschließend bei der Stiefmutter vorbeizuschauen. Susanne, sonst eher eine handfeste Person, wirkte fahrig und unkonzentriert. Sie bestand darauf, den Kaffee auf der Terrasse zu trinken, obwohl es empfindlich kühl war.

Petra wärmte sich die Hände an ihrer Kaffeetasse, wobei ihr Blick auf den Rosenstock fiel, den Susanne kurz nach dem Tod des Vaters gepflanzt hatte. „Womit düngst du nur die Rosen", fragte sie. „Es ist unglaublich, wie sie in die Breite gegangen sind." Sie stockte und musterte ihre Stiefmutter besorgt, denn die war ganz blass geworden. „Du meine Güte, ist dir nicht gut?"

„Es geht mir nicht so gut, weil ich mich heute hoffnungslos mit Mine überworfen habe. Ihr kennt sie ja. Sie kann den Mund nicht halten und ist oft so taktlos", war die Antwort.

Petra und Hans grinsten sich an, denn auch sie hatten es mehr als einmal mit Tante Mines ungefiltert geäußerter Meinung zu tun gehabt.

„Mach dir deswegen mal keine Gedanken. Wahrscheinlich tut es ihr schon leid und sie kommt nachher noch vorbei um sich zu vertragen."

Susanne schüttelte den Kopf. „Das glaube ich nicht, aber das ist mir egal. Wahrscheinlich macht sich bei ihr der Altersstarrsinn bemerkbar. Jetzt lasst uns nicht mehr darüber reden. Ja, die Rosen sind wirklich prächtig..."

„Was meinst du, sollten wir nicht lieber bei Tante Mine vorbeischauen und sehen, ob wir die Wogen glätten können", fragte Hans, nachdem man sich von der Stiefmutter verabschiedet hatte. „Die beiden verstehen sich doch sonst ganz gut. Bestimmt sind sie sich wegen einer Kleinigkeit in die Haare geraten und jetzt will keine den ersten Schritt tun." Petra nickte. „Wahrscheinlich hast du Recht. Wir besuchen die Tante ganz kurz und versuchen die beiden Streithennen wieder zusammenzubringen. Übrigens kommen wir auf dem Nachhauseweg fast an ihrem Haus vorbei, das ist kein großer Umweg."

So saß das Pärchen bald auf Mines plüschigem Sofa und tranken zum zweiten Mal an diesem Nachmittag Kaffee.

„Wir kommen gerade von Susanne", begann Petra vorsichtig.

Die Tante fiel ihr sofort ins Wort. „Hat sie euch hier her geschickt, oder was? Hat sie es euch endlich gesagt?" Mine schnaufte vernehmlich durch die Nase. „Zeit wird es. Aber diese Person ist ja altersstarrsinnig."

„Was gesagt?", fragte Hans. „Gibt es in dieser Familie ein dunkles Geheimnis, von dem ich nichts weiß? Habt ihr irgendwelche Leichen im Keller?", fügte er grinsend hinzu.

„Nee, im Keller nicht, aber im Garten", platzte Tante Mine heraus um sich gleich darauf erschrocken die Hand vor den Mund zu halten.

„Wie bitte? Sag mal, Tante Mine, was ist denn heute bloß mit dir los. Erst verzankst du dich mit Susanne, so sehr, dass sie ganz krank daran ist und jetzt machst du so komische Bemerkungen. Das ist wirklich nicht witzig", fuhr Petra ihre Tante an.

Mine seufzte. „Jetzt ist auch schon alles egal. Ich habe viel zu lange geschwiegen. Also, mein Kind: Dein Vater liegt nicht auf dem Friedhof, schon lange nicht mehr." Hier machte die Tante eine Kunstpause.

„Jetzt hör sofort auf mit dem Quatsch!" Petra konnte nicht glauben, dass die sonst so realistische Mine plötzlich fantasierte.

Die Tante nahm ihre Hände und schaute sie ernst an. „Ich sage die Wahrheit, Kind. Deine Stiefmutter hat die Urne ein paar Tage nach der Beisetzung ausgegraben und in ihrem Garten eingebuddelt. Ich habe sie dabei erwischt..."

*Mine hatte das Grab ihres Mannes in Ordnung gebracht und weil sie sowieso schon auf dem Friedhof war, beschloss sie, der hier liegenden Verwandtschaft einen Kurzbesuch abzustatten. Man musste eben nach dem Rechten schauen, damit nicht jeder tat was er wollte. So machte sie ihre Runde und stellte dabei wieder einmal fest, wie sehr sich die Zahl der Gräber im Laufe der Jahre summiert hatte. Ihren erst kürzlich verstorbenen Bruder besuchte sie zuletzt. Es dämmerte bereits. Hier fand sie zu ihrem Erstaunen die Schwägerin vor, die lehmbe-*

*schmiert vor dem Grab stand und einen Ge-*
*genstand an die Brust drückte, der fatale Ähn-*
*lichkeit mit der Urne des Verstorbenen hatte.*
*Wie sich herausstellte, hatte Susanne das Ge-*
*fäß tatsächlich ausgegraben, an seiner Stelle*
*einige Steine in das Grab gelegt und war da-*
*bei den Friedhof zu verlassen. Alles Zureden*
*half nicht und da Susanne gut einen Kopf grö-*
*ßer und sehr viel kräftiger als ihre Schwägerin*
*war, kannte Mine ihr die Urne auch nicht mit*
*roher Gewalt entreißen.*

„Was sollte ich machen. Ich konnte doch keine
Schande über die Familie bringen und meine
eigene Schwägerin wegen Leichenschändung
anzeigen", beendete Tante Mine ihre Erzäh-
lungen. „Aber eine Schande ist das schon",
fügte sie hinzu und nickte heftig mit dem
Kopf.
„Und sie hat Papa tatsächlich in Garten...",
Petra war wie vor den Kopf geschlagen.
Wieder nickte Mine heftig. „Ganz genau. Sie
hat ihn gleich an der Terrasse eingegraben und
den Rosenstock drauf gesetzt, der jetzt immer
so schön blüht."
„Das ist doch... und wir haben Jahre lang an
einem leeren Grab gestanden!" Hans konnte es
nicht fassen.
„Genau, und Blumen draufgelegt", fügte Petra
hinzu.

Mine kam aus dem Nicken gar nicht mehr heraus. „Eben. Ich habe ihr wer weiß wie oft gesagt, dass du als Tochter ein Recht darauf hast, zu erfahren, dass dein Vater im Garten liegt und nicht auf dem Friedhof. Aber Susanne ist ja unbelehrbar. Heute habe ich noch einmal versucht, ihr ins Gewissen zu reden, aber die Frau ist störrisch wie ein Esel. Es ist gut, dass ihr es jetzt erfahren habt. So geht das doch nicht!"

Petra sah Hans an. „Was meinst du, sollen wir noch mal zurück zu Susanne fahren und sie zur Rede stellen?"

Der Angesprochene erhob sich seufzend. „Uns wird wohl nichts anderes übrig bleiben, glaube ich."

Auch dem schockierten Pärchen gegenüber zeigte sich Susanne uneinsichtig. „Was soll's", erklärte sie. „Paul hat so gerne im Garten gesessen und immer gesagt, dass er am Liebsten dort beerdigt sein wollte. Ich habe nur seinen letzten Willen ausgeführt. Den Gefallen musste ich ihm einfach tun. Aber ihr braucht euch nicht aufzuregen. Ich habe gleich nachdem ich ihn nach Hause geholt hatte, einen Brief aufgesetzt, in dem ich alle Schuld auf mich nehme."

Petra und Hans verschlug es die Sprache und sie machten sich auf den Heimweg ohne weiter mit Susanne zu diskutieren.

Auch in der Folgezeit kamen sie zu keiner Lösung des Problems. Sie erwogen die Urne heimlich wieder auszugraben und sie an ihren angestammten Platz zu bringen, doch verwarfen sie diesen Plan bald. Was, wenn sie auf dem Friedhof erwischt würden. Wie sollten sie ihr Tun erklären? Sah es dann nicht so aus, als würden sie die Urne entwenden wollten? Eine Anzeige wegen Störung der Totenruhe war das Mindeste, was sie in diesem Fall zu erwarten hätten. Hinzu kam, dass sie es, genau wie Tante Mine, nicht über das Herz brachten, Susanne bei den Behörden anzuzeigen.

So blieb die Urne unter den prächtigen Rosenstrauch und das Pärchen setzte sich fortan mit sehr gemischten Gefühlen auf die Terrasse. Das Verhältnis zu Susanne kühlte merklich ab. Petra und Hans besuchten sie im Laufe der Zeit immer weniger. Schließlich brach der Kontakt ganz ab.

Nach Jahren kam ein Brief von Susannes Bruder. Er teile mit dürren Worten mit, dass seine Schwester verstorben wäre und ihm das Haus vererbt habe. Er habe aber selbst ein Anwesen und bereits einen Käufer für Susannes Haus gefunden. Großzügigerweise würde er sich bereit erklären, den Erlös aus dem Hausverkauf mit Petra und Hans zu teilen.

„Eigentlich ist das eine Unverschämtheit, denn es ist mein Elternhaus und gehört nach Susannes Tod mir", erklärte Petra. „Aber ich will das Haus gar nicht. Den Gedanken, dass Papa vielleicht immer noch im Garten liegt kann ich nicht ertragen. Er soll das Haus verkaufen, in Gottes Namen, und uns die Hälfte auszahlen." Hans nahm sie in den Arm. „Wenn du es so möchtest, dann ist das in Ordnung. Wahrscheinlich ist es besser so. Sonst würde es zu einem Rechtsstreit kommen und wir müssten eine Menge schmutziger Wäsche waschen. Ich werde mich mit Susannes Bruder in Verbindung setzen und ihn auf Pauls Urne ansprechen."

Das tat Hans und der Bruder versicherte ihm, dass er die lästige Geschichte schon lange aus der Welt geschafft habe.

So wurde das Haus veräußert und der Erlös zwischen Susannes Bruder und dem Ehepaar geteilt.


Das war inzwischen ein Jahr her. Petra staunte nicht schlecht, als sie eine Vorladung von der Staatsanwaltschaft erhielt.

Der Käufer des elterlichen Hauses hatte beim Umbau der Terrasse die Urne gefunden, die immer noch unter dem Rosenbusch eingegraben war. Entsetzt hatte er die Polizei verständigt und man bat Petra und ihren Mann zu einem Verhör. Zum Glück für alle beteiligten hatte Susanne wirklich einen Brief hinterlassen, in dem sie erklärte, dass sie Pauls Urne allein und ohne Hilfe ausgegraben hatte, sodass das Verfahren niedergeschlagen wurde. So kam es, dass Pauls Urne zum zweiten Mal beigesetzt wurde.

Im Auto wandte sich Petra an ihre Tante. „Weißt du, was mit dem Haus passiert? Hat der Käufer wirklich vor, es zu veräußern?" Mine kicherte. „Ja, er ist bereits ausgezogen. Neulich bin ich ihm begegnet. Er hat versucht die Straßenseite zu wechseln, aber ich war schneller." Sie klopfte mit ihrem Stock auf den Fahrzeugboden. „Wenn es darauf ankommt, dann bin ich noch ganz gut zu Fuß. Ich habe ihn gestellt und ihn ausgefragt. Er scheint ein ängstlicher Mensch zu sein."
„Immerhin hat er Paul gefunden, das war wohl ein ziemlicher Schock für ihn", warf Hans ein.
Wieder kicherte Mine. „Das wohl auch, aber er schien zu befürchten, dass Susanne mehrere Familienmitglieder im Garten beerdigt hat und ich habe ihn in dem Glauben gelassen..."

# Ladies Night im weißen Rössel

*Einladung:*
*Wozu: Ein Theaterstück auf einer Freilichtbühne*
*Wo: Irgendwo im Münsterland*
*Wann: In 14 Tagen*
*Was: Überraschung*
*Begleitservice: Dein Schatz*
*Herzlichen Glückwunsch zum Geburtstag!*
*Ich liebe Dich*

Die Einladung stand schon seit zwei Wochen im Regal. Inzwischen sah sie ganz abgegriffen aus, so oft hatte ich sie mir angeschaut.

Allen Überredungsversuchen zum Trotz hatte meine bessere Hälfte mir nicht verraten, wohin es gehen sollte und vor allem wie das Stück hieß. Dabei hatte ich alle Register gezogen. Selbst davor, ihn mit der Frage „Welches Theaterstück, welche Bühne", aus dem Tiefschlaf zu schütteln war ich nicht zurückgeschreckt. Doch er murmelte nur „Überraschung" und schnarchte weiter.

Heute sollte sich der Schleier lüften, denn die 14 Tage waren um.

Wir machten uns gut gelaunt auf den Weg.

„Fahren wir weit?", fragte ich listig.

„Überraschung!"

Diese originelle Antwort ließ mich seufzen.

„Jetzt kannst du es mir wirklich sagen, schließlich sind wir schon auf der Autobahn."

Alan grinste. „Wart's ab, es lohnt sich, ganz großes Ehrenwort."

Ich beschloss nicht weiter zu bohren und mich einfach auf den Abend zu freuen. Er würde mir sowieso nichts verraten, das hatte selbst ich kapiert. Nach einiger Zeit verließen wir die Autobahn.

Neugierig schaute ich mich um und erhaschte einen Blick auf ein Ortsschild. „Reckenfeld? Hier in der Nähe gibt es eine Freilichtbühne? Das wusste ich gar nicht."

„Doch, die gibt es. Wir sind jetzt bald da", merkte meine bessere Hälfte an und bog in einen Kreisverkehr ein. Wirklich sah ich ein weiteres Hinweisschild mit der Aufschrift „Freilichtbühne".

Doch ich sah noch etwas: Mitten im Rondell, umgeben von bunten Blumen, prunkte ein riesengroßes Plakat, auf welchem das Programm der Bühne angepriesen wurde. *„Der Räuber Hotzenplotz"* stand darauf und *„Zum weißen Rössel"*. Ich glaubte meine Augen nicht zu trauen.

„Bitte sag mir, dass wir uns den Räuber Hotzenplotz angucken", stammelte ich.

Alan brachte es fertig verblüfft und gleichzeitig geknickt auszusehen. „Ich dachte eine Operette würde dir gefallen", sagte er leise, während er die Schultern hängen ließ.

„Jaaa", antwortete ich gedehnt. „Ich bin bloß überwältigt." Sollte es möglich sein, dass der

Mann, der alle Alben der Rolling Stones besaß und mit mir ein AC/DC Konzert besucht hatte, einem heimlichen Laster frönte und sich hinter meinem Rücken Operettenmusik anhörte? Und wie zum Geier kam dieser Mann auf die Idee, dass ich das weiße Rössel auch nur ansatzweise gut fand?

Ich versuchte lieb zu lächeln. „Das ist wirklich nett von dir".

Ehe ich weitersprechen konnte, fuhren wir auf den zur Anlage gehörenden Parkplatz.

„Jetzt bin ich aber erleichtert, ich dachte schon, es wäre doch nicht das richtige Geschenk. Schau mal wie viele Frauen die Vorstellung besuchen. Das liegt natürlich am Stück." Alan klang wirklich erleichtert. Er fasste mich bei der Hand und wir reihten uns in die Karawane ein, die dem Kassenhäuschen zustrebte.

„Zweimal das weiße Rössel, die Karten sind bestellt", tönte Alan, als wir an die Reihe kamen.

„Ja, genau, das weiße Rössel", kicherte die Kassiererin gut gelaunt. „Das ist heute..."

„...ausverkauft, ich weiß", komplettierte Alan den Satz. „Es ist nämlich eine Überraschung für meine Frau", fuhr er erklärend fort.

„Ach so, verstehe", plinkerte die Kassiererin ihm zu. „Na dann, viel Spaß!"

Ehe ich etwas sagen konnte, hatte Alan mich durch die Schranke komplimentiert und wir standen auf einem Vorplatz zur Bühne.

„Ich denke wir gönnen uns ein Glas Sekt", schlug er vor.

Ich schaute mich interessiert um. Das Publikum bestand wirklich vorwiegend aus Frauen, die in Klübchen zusammenstanden, kicherten und tranken. „Schau mal, da vorne", wisperte ich und balancierte mein Sektglas zu einem der Stehtische. „Die Frauen haben eine Saftflasche voller Eierlikör dabei. Daneben stehen welche, die eine Sektflasche kreisen lassen. Mannomann, die erleben niemals die Vorstellung, so wie sie trinken."

Alan blieb gelassen. „Ja, die Damen bringen sich in Stimmung, für das Rössel. Das geht gleich richtig ab." Er machte tatsächlich ein paar Walzerschritte, während er eine schmissige Melodie vor sich hin brummelte. „Im weißen Rössel, am Wolfgangsee, da steht das Glück vor der Tür."

Eine der Eierlikörtanten drehte sich um und drückte mir ein Pinnchen in die Hand. „Wieso hast du den denn mitgebracht, Schwester?", fragte sie undeutlich. „Trink dir lieber einen, dann wird das schon. Schön saufen geht immer. Los, ex", kommandierte sie.

Verblüfft kippte ich den Likör in einem Zug hinunter, und konnte nicht verhindern, dass

104

mein Glas gleich wieder gefüllt wurde. „Danke, das reicht dann aber wirklich!"

Alles Protestieren half nicht. Ich bekam auch noch die dritte Füllung, wobei ich der Frau Recht geben musste, Sekt und Eierlikör helfen tatsächlich gegen Verspannungen.

Das Ertönen des Gongs rief das Publikum auf seine Plätze. Auch wir machten es uns auf unseren Sitzen bequem, wobei ich feststellte, dass der Eierlikörklub direkt neben uns saß.

„Is alle", nuschelte die mir bereits bekannte Frau und drehte das Pinnchen auf den Kopf. „Aber wir haben noch Nachschub", sie zog ein Sektglas aus der Tasche.

Ehe ich ihren Ausführungen weiter folgen konnte begann die Vorstellung.

‚Ein seltsames Bühnenbild', wunderte ich mich, denn mitten auf der Bühne stand ein Toilettenhäuschen. Eine sichtlich angetrunkene Toilettenfrau trat aus dem Raum. Mit Erstaunen folgte ich der weiteren Handlung, denn die Person versuchte vergeblich, sich aufzuhängen, während aus dem Lautsprecher ein Schlager dröhnte. Nach und nach betraten einige knackige Männer die Bühne.

Ich stieß meiner feixenden besseren Hälfte kräftig den Ellenbogen in die Seite. „Zum weißen Rössel, ja?"

Die Eierlikörtante neben mir nippte kichernd an ihrem Sekt. „Wie jetzt Rüssel? Heute ist Ladies Night, Schwester. Die Jungen legen zum Schluss einen Strip vom Allerfeinsten hin. Hast du das wirklich nicht gewusst?"

Während ich dem vor sich hin schmunzelnden Alan einen dicken Schmatzer aufdrückte, bekam meine Eierlikörschwester einen Lachkrampf und füllte mein Sektglas nach.

## Der 90ste Geburtstag

Heute war Omas großer Tag. Sie hatte monatelang die Familie in Atem gehalten, denn ihr 90er Geburtstag sollte mit einer ganz besonderen Feier begangen werden, darauf hatte sie bestanden.

Zunächst zog man in Erwägung den Festsaal der Stadt zu mieten, was allerdings bei den engeren Familienmitgliedern auf Bedenken stieß.

„Ach nö, Oma, in den Saal passen leicht und locker eintausendfünfhundert Leute", merkte Heinz, Omas Ältester, an. „So viele Personen willste ja wohl nicht einladen, wat?" Ihm standen die Schweißperlen auf der Stirn, denn er hatte sich in einem Moment der ungewohnten Großzügigkeit bereit erklärt, die Kosten der Feier zu übernehmen. Doch zu seiner Beruhigung wurde der Festsaal bald darauf wegen erheblicher Baumängel für den Publikumsverkehr geschlossen. Heinz konnte nachts wieder schlafen, ohne schweißgebadet aufzuwachen, weil er von einem ungewohnten Albdrücken übermannt wurde.

Da dieser würdige Rahmen also nicht mehr im Bereich des Möglichen lag, beschloss Oma die Feier bei in ihrem Lieblings Balkan - Restaurant abzuhalten, was die Verwandtschaft mit Wohlwollen zur Kenntnis nahm. Einerseits gab es immer ordentlich was auf die Gabel, andererseits konnte man sich dort so geben wie man war, ganz ohne auf unnötige Konventionen zu achten. So bestellte Oma einen Tisch für den Abend des großen Tages und lud ein was das Zeug hielt.

Jetzt war man geschlossen auf dem Weg zum Restaurant. Allen voran Oma, die ihren Regenschirm wie einen Degen handhabte, um sich den nötigen Platz auf dem Bürgersteig zu verschaffen. Nebenher wuselte ihre Freundin Irmgard und bemühte sich mit ihrer Geburtstagsfeier anzugeben. „Ja, und mein Junge, mein Reimund hat alles so schön gemacht. Er und seine Flamme haben das Vereinsheim wirklich nett hergerichtet, findest du nicht? Reimund ist ganz angetan von seiner neuen Liebe."

„Wie jetzt, neue Liebe", wurde sie rüde unterbrochen. „Der Bengel ist doch schon viermal verheiratet gewesen, hat er noch immer nicht die Nase voll?"

„Aber hör mal. Die Tanja ... ne, so hieß die Vorherige ... ich komme im Moment nicht auf den Namen. Also diese jetzt ist bestimmt die Richtige. Sie putzt mir auch die Wohnung, obwohl sie arbeiten geht."

Oma grinste. „Ja dann. Seine bisherigen Ehefrauen waren stink faul. Und dein Geburtstag im Vereinsheim war ziemlich billig, so wie das da aussah."

„Von wegen billig", konterte Irmgard. „Das hat mich alles eine schöne Stange Geld gekostet. Es ist ja auch genug gesoffen worden."

„Ach, du Arme musstest alles selbst bezahlen? Das hätte ich mir denken können, wo dein Sohn beim Sozialamt ein und ausgeht. Ich habe es besser. Mein Heini hat darauf bestanden meine Geburtstagsfeier zu bezahlen." Oma führte einen besonders gekonnten Stoß mit dem Regenschirm aus, während sie ihre Freundin nieder machte. „Und meine Tochter hat sich eine ganz besondere Überraschung ausgedacht. Ich bin schon ganz gespannt."

Wieder fuchtelte Oma mit dem Schirm und hätte um ein Haar einen harmlosen Dackel aufgespießt, der gemütlich an ihr vorbei trottete. „Passen sie doch auf", giftete es vom anderen Ende der Leine. Oma pestete zurück. „Passen sie mal lieber auf, dass ihre Töle nicht überall im Weg herumrennt. Unmöglich diese Hundebesitzer. Wahrscheinlich sch..."

„Aber Mama", wurde sie sanft von ihrer Tochter unterbrochen. „Lass doch mal. Wir sind ja auch schon da", Carmen hakte ihre Mutter unter und buxierte sie sanft entschlossen in den Eingangsbereich des Restaurants.

„Ist doch wahr", brummelte Oma, ließ sich aber ablenken, denn der Restaurantbesitzer begrüßte sie mit offenen Armen.

„Da ist ja meine Lieblingsdame. Und sie sieht keinen Tag älter aus als...", er stockte einen Moment, wartete bis Oma den Regenschirm weggelegt hatte. „Keinen Tag älter als sechzig, ach was sage ich, fünfundvierzig!"

Die so Gebauchpinselte strahlte über das ganze Gesicht. „Er ist ein Charmeur", wisperte sie ihrer Freundin zu. „Das gibt es in einem Vereinsheim natürlich nicht." Ehe Irmgard etwas erwidern konnte, stolzierte Oma hinter dem Charmebolzen her, der sie in den hergerichteten Nebenraum der Gaststätte führte.

Die Geburtstagsgesellschaft folgte auf dem Fuße, denn schließlich wurde es Zeit, dass man in die Pötte, will sagen ans Futter kam.

„So, das ist jetzt also deine versammelte Familie?", vergewisserte sich Alex. Er war noch nicht lange genug mit Carmen zusammen um ihre komplette Familie kennen gelernt zu haben.

Carmen verzog den Mund. „Das ist ein Bruchteil der Familie, sei froh. Hinzu kommen einige Bekannte meiner Mutter", sie verstummte und seufzte hilflos. Alex musterte sie einen Augenblick aufmerksam. „Höre ich hier kritische Untertöne?", fragte er sanft.

„Es würde mir schon reichen wenn du an ein Sprichwort denkst: Freunde kann man sich aussuchen."

Ehe Carmen weitere Erklärungen abgeben konnte, meldete sich die Jubilarin lautstark zu Wort. „Wir wollen mit einem Gläschen Sekt auf meinen Ehrentag anstoßen und anschließend sucht sich jeder von der Speisekarte aus, was er möchte", sie schnipste mit dem Finger. „Herr Ober, bitte."

Heinz lief rot an. „Aber Mutter, ich dachte du hast das Menü bestellt? Wenn jetzt jeder sich etwas anderes aussucht, dann dauert das unendlich lange." Es war ihm anzusehen, dass er sich eher um den Preis als um die Dauer des Essens Sorgen machte.

„Hab dich nicht so, du verdienst doch gut. Das kannst du deiner alten Mutter ruhig gönnen", Oma wandte sich an die Allgemeinheit. „Mein Junge ist bei der Deutschen Bundesbahn, der verdient."

„Ja, wenn das so ist, dann gönne ich mir noch ein Gläschen Sekt und vielleicht bleibe ich überhaupt dabei", dröhnte ein wohlbeleibter Glatzkopf jovial und hielt dem Kellner demonstrativ sein leeres Glas hin.

„Und das ist...", fragte Alex leise.

„Jupp is dat", wurde er von einer wasserstoff-blonden Frau unterbrochen, die ihm direkt gegenüber saß. „Und du bist der Carmen ihr Neuer, wat?"

„Ich bin Alex und Jupp ist, wer?"

Der Angesprochene guckte einen Moment, wurde aber von Heinz in Beschlag genommen, der ihn erfolglos davon abhalten wollte sich weiteren Sekt zu bestellen.

„Na, der Josef ist mein Mann, aber du kannst ruhig Jupp sagen, dat tut jeder. Ich bin übrigens die Natti", klärte die Wasserstoffblondine streng auf. „Und der Frido, der konnte nicht mitkommen, weil, der hat dicke Eier."

Alex schaute irritiert. „Wie bitte?"

Carmen öffnete den Mund, um vom Thema abzulenken, was ihr nicht gelang. Natti war schneller. „Der Frido, der-hat-dicke-Eier", wiederholte sie langsam, als würde sie mit einem Behinderten reden. „Der Frido arbeitet als Anstreicher, er hat et ja geschafft ne Lehr-stelle zu kriegen. Dat war nicht leicht, dat kannze mir glauben", fuhr Natti fort. „Jeden-falls muss er da im Betrieb immer so schwere Eimer schleppen und davon hat er dat ge-kriegt. Aber er war schon beim Doktor. Der hat ihm erst mal einen gelben Schein gegeben. Allerdings kann er dann natürlich nicht auf Omas Geburtstag gehen, wo er doch krank is."

„Ja, wo er doch ein solches Handicap hat kann er wahrscheinlich gar nicht laufen", mischte sich Enkel Tim ein. Er blinzelte Carmen, seiner Mutter, verschwörerisch zu. „Wirklich Natti, ihr müsst den Jungen mal besser aufklären. Letztens ist er mir an der ehemaligen Haltestelle am Rathaus begegnet. Ich frage ihn: Frido, was stehst du denn hier rum? War ne ganz legitime Frage, denn er sah so aus, als würde er auf etwas oder irgendwen warten. Guckt mich Frido einen Moment irritiert an und antwortet: Willst du auch mit der Straßenbahn fahren? Die hat heute mächtig Verspätung, ich warte schon ne Stunde."

„Ach, hat der dat wieder vergessen", murmelte Natti kleinlaut.

Tim klärte den ratlos dreinschauenden Alex auf. „Du musst wissen, dass der Straßenbahnbetrieb in der Innenstadt vor ungefähr zwei Jahren eingestellt worden ist."

„Ah-ja und Frido ist der Sohn", stellte Alex fest.

„Richtig, aber ob der weiter auf Anstreicher macht", Natti kam auf ihr derzeitiges Lieblingsthema zurück, „dat weiß ich auch nicht. Es ist nicht gut für seine Gesundheit, obwohl er stark wie ein Bär ist. Aber wenn er mal Kinder machen will..."

„Da kommt dat Essen." Jupp, der Erzeuger des starken Bären, stieß seine Frau unsanft an. „Natascha, jetzt gibt et lecker Essen. Lass die Leute zufrieden, die wollen beim Achielen nix von den Problemen unseres Sohnes hören."

„Eben", murmelte Alex erleichtert.

Nach dem Essen gesellte sich Tim wieder zu seiner Mutter. „Was meinst du, Mama, wollen wir?", fragte er.

„Ja, richtig, wir wollen Oma zur Feier des Tages hochleben lassen", Carmen wandte sich an ihren Begleiter. „Du entschuldigst uns. Wir haben einige ihre Lieblingslieder einstudiert und wollen jetzt damit loslegen. Ich habe mir für den noch lebenden ‚Alten Holzmichel' einen extraweiten Trachtenanzug geliehen und werde ihn rundherum mit Kissen ausstopfen."

„Und du willst mich wirklich allein lassen, mit Jupp, Natti, Frido und seinen..."

„...sag es nicht, mein Schatz", Carmen gab ihm einen Kuss auf die Wange. „Ich bin gleich wieder bei dir."

Die Darbietungen waren ein voller Erfolg. Mutter und Sohn wurden mehrere Zugaben abgefordert, was einige Zeit in Anspruch nahm.

„Na, mein Schatz, ist alles in Ordnung?", fragte Carmen, während sie sich auf ihrem Platz niederließ.

Alex grinste sie an. „Ja klar. Sie hat nicht mehr über ihren Sohn gesprochen. Eigentlich redete sie gar nicht mehr, denn ihr Mann hat sie abgewürgt und die Gesprächsführung übernommen. Er erkundigte sich eingehend nach meinem Beruf. Der Mann ist wirklich witzig."

Jupp, dem nichts entging, mischte sich wieder einmal ein. „Wat heißt dat denn. Ich hab' doch bloß gesagt, dass du höchst wahrscheinlich ein Banker bist, weil dein Anzug so gut sitzt und wegen deinen gestutzten Bart."

Carmen fuhr Alex spielerisch über das Kinn. „Der Dreitagebart ist echt klasse, jedenfalls finde ich das. Aber mit einem Banker hat das nichts zu tun."

„Dat hat mir dein Kerl auch erklärt, er ist aber trotzdem was Besseres", Jupp langte über den Tisch und griff Alex an den Ärmel. „Feines Stöffchen. So wat krieg'ste nicht bei Klümpchen Anton."

Seine Frau mischte sich ein. „Dann musst du auch mal wat verdienen, dann kann'ste dir einen Anzug leisten. Bis dahin reicht deine Lederjacke aus. Die ist auch schwarz und passt auf jede Feier - und auf jede Beerdigung", fügte sie nach einigem Nachdenken hinzu.

„Stell dich nicht so an, wir laufen wenigstens nicht immerzu auf dat Sozialamt und gehungert hast du auch noch nich", dröhnte Jupp entrüstet. „Apropos Hunger, gibt et nachher noch Häppchen?"

Diese Anfrage rief Oma auf den Plan. Sie hatte die zweite Flasche Dessertwein geordert und beschlossen den guten Tropfen mit niemandem zu teilen. Entsprechend rot waren ihre Apfelbäckchen. „Du verfressener Schubiak kriegst den Hals wohl nie voll, wat? Du hast dir bestellen können, wat du wolltest, jetzt ist Schluss mit Essen, trink dir noch einen und dann will ich nach Hause." Omas undeutliche Aussprache wies darauf hin, dass der Prosek seine Wirkung tat.

Carmen musterte ihre Mutter besorgt. „Ich glaube wir sollten die Tafel so langsam aufheben. Oma ist schließlich nicht mehr die Jüngste, die Feier strengt sie ganz schön an."

Zum Erstaunen aller widersprach die Jubilarin nicht. Sie wies auf ihren Sohn. „Los, Heini, bezahl mal eben. Ich glaube ich muss mich gleich hinlegen. Mir ist gar nicht gut."

Heinz musterte sie einen Augenblick verblüfft. „Aber Mutter, ich habe dir das Geld für deine Feier doch schon vor ein paar Tagen gegeben. Du musst selbst bezahlen."

Oma kramte in ihrer gewaltigen Handtasche, zog schließlich das Portemonnaie hervor und öffnete es demonstrativ. „Dat wüsste ich aber. Du hast mir überhaupt noch kein Geld gegeben! Du hast versprochen, dass du meine schöne Feier bezahlst, egal was es kostet", sie schniefte vernehmlich, langte in die Handtasche, zog ein handtuchgroßes Taschentuch hervor und putzte sich geräuschvoll die Nase. „Du has et versprochen", wiederholte sie in weinerlichem Tonfall.

Heinz fixierte seine Mutter einen Moment verblüfft. Dann seufzte er tief. „Akzeptieren sie auch die EC Karte?", fragte er den Kelner.

Später, nachdem man die Verwandtschaft verabschiedet, Oma ins Bett gebracht und den
aufgebrachten Heinz beruhigt hatte, machten
sich Alex und Carmen auf dem Heimweg.

„Sag schon was du denkst", forderte Carmen
ihren ungewöhnlich stillen Begleiter auf. „Ich
kenne meine Familie gut genug um zu wissen,
wie sie auf Außenstehende wirkt, aber glaub
mir, wenn sie nicht im Rudel auftreten sind sie
ganz erträglich."

Der Angesprochene räusperte sich. „Deine
Familie ist schon ganz in Ordnung. Du kennst
meinen Clan noch nicht, dort gibt es auch ein
paar ganz spezielle Exemplare. Aber eines
möchte ich doch gerne wissen: Diese Natti, du
weißt schon, die mit dem ... na ja ... kranken
Sohn, in welchem Verwandtschaftsverhältnis
stehst du eigentlich mit der? Ist das eine Cousine, oder so?"

„Keine Sorge, das ist eine ehemalige Nachbarin meiner Mutter, mit ihr und ihrem Mann bin
ich überhaupt nicht verwandt." Carmen pruste-
te los. „Du hättest dein Gesicht mal sehen sollen, als sie von den Malessen ihres Filius er-
zählt hat. Zuerst war mir das megapeinlich,
aber dann hätte ich mich wegschmeißen können vor lachen. Vor allem als Tim erzählte,
dass der Frido vergeblich auf die Straßenbahn
gewartet hat."

„Ja, dann", Alex wirkte irgendwie erleichtert. „Ich habe wirklich gedacht das wäre nähere Verwandtschaft von dir."

„Hätte das etwas geändert?"

„Allerdings", Alex stockte einen Moment. Dann lenkte er das Auto entschlossen an den Straßenrand und wandte sich seiner Carmen zu. „Weißt du, dann hätte ich mir überlegen müssen, wie ich Jupp-Josef dazu bringe wenigstens auf unserer Hochzeit einen Anzug zu tragen."

„Soll das ein..."

„Ja, und jetzt gib mir gefälligst einen Kuss!"


Nachtrag:

„Ich hab dat Geld, wat Heini mir vorab für meine Geburtstagsfeier gegeben hat wiedergefunden. Ich hatte es in meinem gehäkelten Klopapierhalter versteckt. Man kann ja heutzutage nicht vorsichtig genug sein", erzählte Oma ihrer Freundin.

„Da war der Junge aber sicher froh, was?"

Oma kicherte vor sich hin. „Ach wo, der hat sowieso genug Kohle. Ich hab's meiner Enkeltochter gegeben, sie wollte sich ein kleines Auto kaufen und konnte das Geld gut gebrauchen."

## Krise in der Hölle

„Cool!"

Entzückt nahm Luzifer die Sonnenbrille ab und drehte sich einmal um die eigene Achse. „Das ist ja noch abgefahrener, als ich es erwartet hatte!"

Er fühlte sich in dem düster - dunklen Gang sofort heimisch, erinnerte der mit seinen hohen Decken ihn an ein Grabgewölbe. Auch die abgestandene, nach altem Schweiß, Existenzängsten und Beamtenmief riechende Luft sagte ihm mehr als zu.

„Mensch, diese Location könnten wir unten prima gebrauchen, dann wäre endlich mal wieder Leben in der Bude", murmelte er begeistert.

„Du musst eine Nummer ziehen."

Erst jetzt nahm Luzifer die ätherisch wirkende Gestalt wahr, die sich unter das einzig, etwas Tageslicht spendende Oberlicht gesetzt hatte. „Du? Hier? Was treibt dich um?", stammelte er verblüfft.

„Die Frage gebe ich zurück: Was willst du denn hier?", war die ebenso erstaunte Antwort.

„Na ja, es ist eben alles nicht mehr so, wie es einmal war, das weißt du doch selbst ganz genau."

„Wie wahr, wie wahr." Gott nickte zustimmend. „Die guten alten Zeiten sind unwiederbringlich vorbei."

„Eben und ich vermute, dass ihr da oben ähnlich gelagerte Probleme habt wie wir. Es gibt kaum noch Kunden, die sich wirklich fürchten. Sie haben scheinbar alle schon die Hölle hier auf der Erde hinter sich. Mit der Vorhölle brauchen wir gar nicht erst anfangen, darauf reagieren die gar nicht. Die schwereren Geschütze, wie das Fegefeuer und die ewige Verdammnis, können auch nicht mehr so richtig schrecken. Meine Gehilfen bekommen reihenweise Depressionen. Sie stürzen sich selbst ins Feuer, weil sie mit dieser unhaltbaren Situation nicht klarkommen."

„Das hast du gut erkannt", Gott redete sich in Rage. „Bei uns sieht es ähnlich aus. Kein Mensch ist dankbar dafür, die ewige Glückseligkeit zu erhalten. Sie meckern und jammern, wollen ein Animationsprogramm, statt der immerwährenden Ruhe. Wollen Fitness und WLAN, statt einfach auszuschlafen. Mein erster Gehilfe Michael ist in einen Warnstreik getreten. Er weigert sich, überhaupt noch eine Seele zu uns hoch zu befördern. Selbst Gabriel, den sonst nichts aus der Ruhe bringt, ist ein nervliches Wrack."

Jetzt war es an Luzifer, zustimmend zu nicken. „Deshalb suche ich Veränderung, dazu ist man nie zu alt. Letztens hatte ich eine rabenschwarze Seele zur Läuterung. Wie ich bereits erwähnte, haben wir im Moment einen akuten Personalmangel, deshalb habe ich selbst Hand angelegt. Um es kurz zu machen: Diese Seele ließ sich einfach nicht läutern. Was, sagte sie, ihr wollt mir Angst machen? Na dann geht doch mal ins Sozialamt von Notarm und beantragt Hartz IV. Dabei könnt ihr Höllenqualen erleben, dagegen ist das hier ein Spaziergang."

„Hartz, Hartz ..." nachdenklich kratzte sich Gott den Kopf. „Den Namen kenne ich irgendwoher. Ja, stimmt, der hat doch Hausverbot bei uns."

„Genau", pflichtete Luzifer bei. „Auch mir kam der Name gleich bekannt vor. Hartz steht auf meiner VIP-Liste. Wenn der mal bei uns einfährt, dann ist er mit höchster Priorität zu behandeln. Jedenfalls schaue ich mich jetzt hier in Notarm einmal um und frage gegebenenfalls nach einem Job in gehobener Position. Was ich hier so sehe gefällt mir wirklich gut." Er musterte seinen gegenüber misstrauisch. „Du hast doch wohl nicht vor, mir den Job wegzuschnappen, oder?"

In diesem Moment klickte ein uhrartig aussehender Automat und zeigte eine neue Zahl an. Gott erhob sich umständlich. „Ich bin dran, wenn du willst, kannst du gleich mitkommen."

Bald saßen die beiden einem Beamten gegenüber, der sie genervt musterte. „Die Herren laufen gleich zu zweit auf? Was wollen sie genau?"

Gott lächelte ihn gewinnend an. „Ich bin mit meiner jetzigen Tätigkeit nicht ausgelastet und möchte mich außerdem verbessern. Aus diesem Grunde bin ich bereits beim Arbeitsamt vorstellig geworden. Dort habe ich die Auskunft erhalten, dass ich nicht genügend qualifiziert und deshalb schwer zu vermitteln bin. Ich kann über meine bisherige Tätigkeit keine ausreichenden Zeugnisse beibringen, jedenfalls nicht in der schriftlichen Form, die von Ihnen bevorzugt wird. Ich hatte ein Buch über mein Wirken vorgelegt, doch das wurde leider nicht akzeptiert. Deshalb hat man mich zu ihnen geschickt, sie sollen mir weiterhelfen."
Er wurde unwirsch unterbrochen. „Sie können keine Zeugnisse beibringen? Sie haben keine Unterlagen, haben wohl nicht gearbeitet. Wie soll man denn da vernünftige Berechnungen anstellen?"
„Mein Sohn, ich möchte nicht berechnet werden, ich suche Arbeit."
An dieser Stelle räusperte sich Luzifer dezent. „Wenn ich kurz unterbrechen darf: Auch ich suche ein neues Tätigkeitsfeld. Das Klima hier bei ihnen würde mir außerordentlich zusagen. Ich fühle mich gleich wie zu Hause und wäre deshalb wie geschaffen für eine Karriere in ihrer Behörde. Ich habe leider auch keine schriftlichen Zeugnisse, könnte allerdings einige eloquente Seelen dazu bringen, mir eine entsprechende Empfehlung auszusprechen,

vielleicht auch in schriftlicher Form. Wenn sie Referenzen von Cato dem Älteren und Perikles akzeptieren würden? Oder doch lieber von Lenin und Harry S Truman?"

Der Beamte stutzte einen Moment, dann polterte er los. „Passen sie mal auf, verarschen können sie sich allein. Ich bin weder ihr Sohn", ein argwöhnischer Blick in Gottes Richtung, „noch habe ich Zeit für ihr schizophrenes Gesabbel!" Diese lautstarke Bemerkung ging an den verdutzten Luzifer. Wutschnaubend zog der Beamte einen Packen Papier aus seiner Schreibtischschublade. „Hier, diese Formulare füllen sie mir sorgfältig, ich wiederhole, sorgfältig, aus und dann können sie sich erneut hier einfinden, aber bitte einzeln! Guten Tag." Er wies mit der ausgestreckten Hand auf die Ausgangstür.

„Verflixtes helles Licht", murmelte Luzifer und setzte sich die Sonnenbrille wieder auf. Er schaute unschlüssig auf die Formulare, die er immer noch in der Hand hielt. „Diese Aktion ist ja wohl ziemlich in die Hose gegangen, was."

„Hab dich nicht so, Luzi." Gott schlug ihm aufmunternd auf die Schulter. „Wenigstens haben wir es versucht. Übrigens, du kannst mich Gottfried nennen."

„Du hast Recht, mein lieber – ähm - Gottfried, ich glaube wir lassen alles so, wie es ist. Ich denke, dieser Menschheit ist nicht mehr zu helfen. Sie schafft sich ihre Hölle ganz von allein. Vielleicht sollte ich über meinen Ruhestand nachdenken. Gehst du noch einen mit mir trinken, oder musst du gleich wieder nach oben?"

Gott grinste ihn fast diabolisch an. „Auf ein paar Jahrhunderte mehr oder weniger kommt es mir nicht an.

## Vampirus Dentista

„Ob der auch eine solche Angst vorm Zahnarzt hat?"

Nachdenklich musterte ich den blassen Mann unbestimmten Alters, der sich mir gegenüber niedergelassen hatte.

Nichts gegen eine vornehme Blässe, wo doch jeder Hautarzt davon abrät, sich der ungeschützten Sonnenbestrahlung auszusetzen, aber dieser Typ sah geradezu anämisch aus. Jetzt, mitten im Winter, wo es schon am Nachmittag ziemlich duster war, wirkte der Mann noch blasser, was sicherlich auch am kalten Neonlicht lag. Hinzu kam, dass er von Kopf bis Fuß in schwarzer Kleidung steckte. Unwillkürlich musste ich grinsen.

‚Junge, du hast wohl alle Biss Romane gelesen.' Das sprach ich natürlich nicht aus, denn

Graf Dracula guckte mich sowieso schon mit einem unangenehm-stechenden Blick an, so als könne er meine Gedanken lesen.

Ich rutschte unbehaglich auf meinem Stuhl hin und her und zupfte meinen Rocksaum zurecht. Der bleichsüchtige Mensch musterte mich weiter, besonders mein Hals schien ihn zu interessieren. Na gut, auch mein Hals ist wohlgeformt, aber es gibt wirklich interessantere Regionen an mir. Jedenfalls hatte bislang noch kein Mann ausgerechnet diesem Körperteil besondere Beachtung geschenkt.

„Der Besuch beim Zahnarzt ist immer unangenehm." Wenn mich der merkwürdige Fürst der Finsternis schon fixierte, konnte ich direkt ein Gespräch beginnen, vielleicht wirkte das etwas entspannend.

Der Typ löste nur mühsam den Blick von meinem Hals, schluckte. „Ja, das ist er in der Tat für die meisten Menschen. Dabei fließt doch lächerlich wenig Blut." Er sprach leise und melodisch, geradezu hypnotisch.

Ich schüttelte leicht den Kopf, denn plötzlich fühlte ich mich benommen, wie eingelullt von dieser unglaublichen Stimme. Wenn ich es recht betrachtete, sah mein Gegenüber gar nicht so schlecht aus. Die vornehme Blässe stand ihm ganz gut.

„Warum sind Sie hier?", fragte ich dümmlich und wurde prompt mit einem Lächeln belohnt, das ein makellos weißes Gebiss mit ungewöhnlich spitzen Eckzähnen entblößte.

„Ich habe einen ganz besonderen Termin bei der charmanten Frau Doktor Fröhlich. Ich lernte Frau Doktor letztens auf einer Vernissage kennen. Zu meinem Leidwesen verloren wir uns aus den Augen, bevor ich unsere Bekanntschaft", er zögerte einen Augenblick, schien nach dem richtigen Wort zu suchen, „sagen wir, vertiefen konnten. Leider ist die Dame sehr beschäftigt, so habe ich plötzliche Zahnschmerzen vorgetäuscht. Ich konnte einfach nicht länger warten." Wieder lächelte er, seine bernsteinfarbenen Augen glitzerten.

Ich erwiderte das Lächeln. ‚Ach wäre ich doch Zahnärztin', ging es mir durch den Sinn. ‚Ich würde alle meine Termine für diesen Mann verschieben!'

Natürlich sagte dich das nicht. Stattdessen stammelte ich. „Ja, Frau Doktor ist nett. Ich lasse mich nur von ihr behandeln."

Das Sprechen fiel mir immer schwerer, während mein Blick sich mehr und mehr auf den seltsamen Mann fokussierte.

Er hatte eine gute Figur, war groß, schlank, mit markanten Zügen. Das halblange dunkle Haar hatte er glatt zurückgekämmt. Mit einem Mal erschien er mit gar nicht mehr so unheimlich. Seine Augen hatten einen rötlichen Schimmer angenommen. Sie zogen mich magisch an.

„Kommen Sie näher", forderte er mich leise

auf.

Wie von einem unsichtbaren Band gezogen stand ich auf, setzte mich in Bewegung. Der Gedanke, ihm ganz nahe zu sein erfüllte mich, ließ mich wohlig schaudern. Ich sank neben ihm auf einen Stuhl. Schon streckte er die Hand aus, fuhr mir sanft über den Arm, ließ mich alles rund herum vergessen. Meine Nackenhaare stellten sich auf, denn seine Hand war den Arm hinaufgewandert. Er fasste mit festem Griff meinen Kopf, bog ihn zur Seite, um meinen Hals zu küssen.

„Graf Vladimir Tepes, wenn sie mir bitte folgen wollen?" Die Stimme der Sprechstundenhilfe holte mich aus meiner Trance, ließ mich erschrocken innehalten.

Was, um Himmels willen, war in mich gefahren? Wie konnte ich mich einem wildfremden, bleichsüchtigen Mann so an den Hals werfen. Peinlich berührt rückte ich so weit es ging von ihm ab, während der Graf wissend lächelte.

„Wir sehen uns später!"

War das eine Drohung oder ein Versprechen? Ich kam nicht mehr dazu, darüber nachzudenken, denn auch ich wurde aufgerufen und folgte der jungen Dame ins Sprechzimmer. Hier ließ ich mich, immer noch fassungslos über mein Verhalten, in den Behandlungsstuhl plumpsen.

„Wenn sie dann bitte warten, Frau Doktor kommt gleich."

Ich seufzte ergeben. Das konnte dauern, denn erst hatte die Zahnärztin ja wohl ein Tet á Tet mit dem mysteriösen Grafen. Ob er ihr auch so tief in die Augen schaute. Ob sie sich von ihm küssen ließ? Ein wenig nagte die Eifersucht an mir. Ich horchte auf, denn im Behandlungszimmer nebenan schlug die Tür kräftig zu.

„Hallo, ich bin Doktor Brüll", dröhnte ein Bass durch die Verbindungstür. Die leise Stimme des Grafen antwortete, allerdings konnte ich nichts verstehen. Der Gute war offensichtlich an den Partner der netten Zahnärztin geraten. Ich kicherte schadenfroh.

„Sie sind doch der dringende Notfall! Da kann es ihnen egal sein, wer sie behandelt! Frau Doktor ist beschäftigt. Machen sie den Mund mal schön weit auf!" Doktor Brüll machte seinem Namen alle Ehre.

Wieder sagte der bleiche Graf etwas. Warum sprach er nur so leise? Ich verstand kein Wort. So pirschte ich mich an die Zwischentür und horchte.

„Jetzt bleiben sie schon sitzen und lassen mich reingucken". Doktor Brüll schien gewonnen zu haben, denn einen Moment später ertönte sein zufriedener Bass. „Ich sehe schon, das ist ein wirkliches Problem, ich glaube die müssen raus. Sie bekommen jetzt eine Spritze … „

„Auf keinen Fall!", hörte ich den Grafen verschwommen nuscheln.

Doktor Brülls Bass dröhnte jovial: „Die Spritze ist etwas stärker, extra für Angstpatienten, so etwas kommt häufiger vor. Entspannen sie sich, sie werden nichts spüren."

...

Die Tür öffnete sich und Frau Doktor Fröhlich lächelte mich freundlich an. „Sie sind im falschen Zimmer", entfuhr es mir, während ich mich schleunigst in den Behandlungsstuhl hievte.

Die Zahnärztin guckte irritiert. „Wollten Sie denn nicht von mir behandelt werden?"

„Doch, natürlich, aber im Wartezimmer saß ein sonderbarer Mann, der wohl auch einen Termin bei Ihnen hatte", klärte ich sie auf. Wieder ein Lächeln, dieses Mal leicht amüsiert. „Sie meinen den Grafen Tepes? Der ist bei Herrn Doktor Brüll in guten Händen."

Aus dem Nebenzimmer ertönte ein wolfsgleiches Geheul. Ob es vom guten Doktor oder dem unwilligen Patienten kam, war nicht auszumachen. Anschließend polterte es laut und anhaltend.

Verwundert drehte sich die Zahnärztin zur Zwischentür um, die aufgerissen wurde. Doktor Brüll erschien, schwer atmend, im Türrahmen. In der Hand hielt er eine große Zange, in deren Kopf ein enormer Zahn steckte.

„Um Gottes willen, Bernhardt, was ist los?", fragte Frau Doktor Fröhlich entsetzt.

Der rustikale Zahnarzt hielt sich am Türrahmen fest und holte tief Luft. Er wirkte sichtlich erschüttert.

„Luise ... der Notfall, den du mir aufs Auge gedrückt hast. Ich habe ihm eine extrastarke Beruhigungsspritze gegeben, die hätte ein Pferd umgehauen. Beim Ziehen des Eins-Dreiers war er wohl so weggetreten, dass er nur etwas gezuckt hat, aber mit dem Zwei-Dreier hat er sich vielleicht angestellt. Er hat mich fast nicht rangelassen, aber, voilá, hier ist er!" Doktor Brüll hob triumphierend die Zange mit dem Monsterzahn.

Die Zahnärztin musterte ihren Kollegen streng. „Willst du damit sagen, dass du ihm die beiden oberen Eckzähne gezogen hast???"

# Nachts in der Bibliothek

Talent allein genügt leider nicht, doch wenn man sehr viel Glück hat, kann man unter Umständen von Schreiben leben.

Leider traf das nicht auf mich zu und da der Monat immer zu kurz für mein karges Einkommen war, suchte ich mir einen Nebenjob. Hier hatte ich endlich einmal Glück, denn in unserem bunten Regionalblättchen, wurde der Posten eines Nachtwächters für die örtliche Leihbücherei ausgeschrieben. Ich bewarb mich mit großer Leidenschaft und bekam die Stelle tatsächlich.

„In der letzten Zeit ist es zunehmend zu ... ähm", hier räusperte sich der ältliche Bibliothekar umständlich, während er mich am ersten Arbeitstag herumführte. „Man könnte sagen zu Unregelmäßigkeiten gekommen. Bücher lagen am Morgen aufgeklappt auf dem Boden, aber beschädigt worden ist nichts", fügte er mit einem Blick in mein erstauntes Gesicht schnell hinzu. „Sie müssen sich keine Gedanken machen. Sicherlich ist das ein dummer Jungenstreich gewesen. Jetzt, wo bekannt ist, dass sich auch nachts jemand in der Bücherei befindet, wird es derlei Vorkommnisse nicht mehr geben."

Mit dieser Prognose sollte er Recht behalten. Ich patrouillierte Nacht für Nacht durch die stillen Räume, ohne dass auch nur das Geringste geschah. Hier und da hielt ich inne, um ein Buch aus dem Regal zu ziehen und es kurz durchzublättern.

So war es auch heute.

Ich betrat den Raum mit den Abenteuerromanen, schaute suchend die verschiedenen Buchrücken an, in der Hoffnung, eine Geschichte zu finden, dass mich die Nacht über wach halten würde. Während ich noch mit dem Finger die Reihen der Bücher entlang glitt, hörte ich plötzlich hinter mir ein Geräusch.

Verwundert schüttelte ich den Kopf. Doch ich irrte mich nicht. Tock-tock machte es in regelmäßigen Abständen. So, als würde jemand mit einem Holzbein…

Noch ehe ich mich umdrehen konnte, spürte ich den Druck einer Klinge an meiner Kehle. Gleichzeitig stieg mir ein ekelerregender Gestank in die Nase.

„Du weißt, wo die echte Karte ist", raunte eine raue Stimme in mein Ohr.

„Karte", stammelte ich. „Welche Karte? Wieso echt?"

„Halt mich nicht für blöd. DIE Karte natürlich. Jim und der Doktor haben sie gut versteckt, aber du wirst sie mir aushändigen!"

Ich zuckte ratlos, aber vorsichtig mit den Schultern. Von welcher Karte konnte hier die Rede sein und von welchem Jim? Vor allem: Wieso suchte der stinkende Typ gerade in der

Stadtbücherei danach?

Ich kam zu dem Ergebnis, dass ich wohl aus Versehen eingeschlafen war und nun in Technicolor träumte. „Wenn du Jim Knopf meinst, der ist mir noch nie begegnet. Aber ich gebe dir einen Tipp. Sein Kumpel Lukas weiß bestimmt genaueres über diese Karte. Allerdings ist der kein Doktor, sondern Lokomotivführer."

„Noch so eine Antwort und du bist tot." Die Klingenspitze bohrte sich schmerzhaft in meine Haut und ein warmes Rinnsal lief meinen Hals hinunter.

Moment, warm, Rinnsal?

Blut?

B!L!U!T!

So real konnte kein Traum sein. Der kalte Schweiß brach mir aus allen Poren. „Hören sie, wer immer sie auch sind. Ich weiß nichts von einer Karte!"

„Lüge nicht, Elender! Long John Silver betrügt man nicht ungestraft. Der Schatz steht mir zu. Ich werde mir auch den Rest holen."

Während ich noch fieberhaft überlegte, wie ich diesen Irren besänftigen und Alarm schlagen konnte, ließ der Druck der Klinge an meinem Hals unvermittelt nach. Es polterte gewaltig.

„Sie können sich jetzt herumdrehen. Der Schurke wird sie nicht weiter belästigen", erklang eine tiefe Stimme hinter mir.

Wirklich lag Long John auf dem Boden, Arme, Bein und Holzbein weit von sich gestreckt. Vor mir stand ein altertümlich gekleideter Herr, der eine lange Armeepistole am Lauf gepackt hielt. Offensichtlich hatte er den Seemann damit außer Gefecht gesetzt.

„Wenn ich mich vorstellen darf." Der Herr machte eine knappe Verbeugung. „Mein Name ist David Livesey, Doktor Livesey. Es ist erfreulich, dass ich rechtzeitig erschienen bin, jedenfalls für sie. Doch wir sollen uns schleunigst davon machen, ehe der alte Seebär erwacht." Er zerrte mich aus dem Raum, wobei er im Plauderton fortfuhr. „Das waren Abenteuer auf der Schatzinsel und sie scheinen noch nicht beendet zu sein."

Langsam erwachte ich aus meiner Schockstarre. „Danke, ohne Sie wäre ich verloren gewesen. Dabei habe ich keine Ahnung, was der komische Typ von mir wollte. Er scheint irre zu sein." Ich verstummte, denn auch der Doktor, der mich amüsiert anlächelte, sah irgendwie merkwürdig aus.

Doch ich kam nicht mehr dazu, darüber nachzudenken, denn wieder erklang das Geräusch eines Holzbeins und ließ mich erschauern. „Nicht schon wieder. Ich glaube der Verrückte ist aufgewacht", stammelte ich.

Der Doktor horchte kurz. „Nein, das ist nicht Silver. Dieses Geräusch ist unverkennbar. Es gibt hier nur einen, den wir fürchten wie der Teufel das Weihwasser: den einbeinigen Waljäger."

„Sie meinen Kapitän Ahab?", ich beschloss, mich heute Nacht nicht mehr zu wundern. „Ich dachte er hätte den Wal bereits gefunden. Was sucht er denn noch?"

Der Doktor war sichtlich nervös geworden. „Er sucht immer noch sein Bein und er ist noch mieser geworden, als damals auf der Pequod." Ich mache mich lieber davon, will mich ja eigentlich mit Jim Hawkins treffen. Sie sollten sich lieber verstecken."

Ich hielt den Doktor zurück. „Eigentlich möchte ich hier ganz weg. Können sie mir sagen, wie ich das anstelle. Nur ganz kurz, bitte."

Mein Gegenüber überlegte einen Moment. „Da kann nur einer helfen: Hercule Poirot. Sie finden ihn mit Sicherheit in der Kriminalabteilung. Allerdings empfehle ich mich jetzt wirklich."

Auch ich sputete mich, um nicht auch noch in die Schusslinie des fiesen Ahab zu kommen und machte mich auf die Suche nach Monsieur Poirot.

Dabei durchquerte ich die Abteilung Liebesromane. Hier lagen sich die jugendliche Catherine und Heathcliff in den Armen, während der junge Earnshaw die beiden missmutig musterte.

Weiter ging es über die Kinderbuchecke, wo ein kleiner, dicker Junge mithilfe eines Propellers um die Lampe schwirrte und Bonbons lutschte, zu den Klassikern. Dort saß an einem altertümlichen Schreibtisch ein melancholischer junger Mann, der gedankenverloren mit einer Pistole herumspielte, während er immerzu ‚Lotte, meine Liebe' murmelte. Vorsichtshalber machte ich einen großen Bogen um das Szenario.

Endlich war ich in der Krimiabteilung angekommen. Hier erwartete mich ein kleiner Mann mit einem großen Schnurrbart. „Ich habe bereits auf Sie gewartet", sagte er, während er sich über den Bart strich. „Ihr Problem ist interessant, aber nicht leicht zu lösen."

„Sie wissen?", erstaunt musterte ich die dandyhafte Erscheinung.

Hercule Poirot, denn um ihn handelte es sich zweifellos, wippte mit den Zehenspitzen. „Wir Belgier haben im Allgemeinen ein Gespür für Situationen und ich habe zudem meinen treuen Adlatus an meiner Seite."

Er schnipste mit dem Finger und aus dem Nichts tauchte ein britisch aussehender Herr auf. „Mein lieber Hastings, was halten sie von der Situation?", wandte sich Poirot an ihn.

Der Angesprochene kratzte sich ausgiebig den Kopf, wippte im Takt mit seinem Meister auf den Zehenspitzen, bevor er langsam zu sprechen begann: „Also: Fakt ist, dass es bislang in diesem Etablissement nur Romanfiguren gegeben hat, richtig? Auch ist es eine Tatsache,

dass diese ausschließlich den Romanen ent-
springen, die es in dieser Bibliothek zu leihen
gibt, richtig?"

Hercule Poirot hob die Hand, worauf sein Adlatus den Mund zuklappte. „Wie Recht Sie
haben, mein lieber Hastings. Ich konstatiere:
Also ist auch diese Person eine Romanfigur.
Nun ist nur noch die Frage nach dem Autor
offen." Hier wandte sich der Detektiv an mich.
„Sagen Sie, wurde schon einmal ein Buch über
Sie geschrieben? Müsste ich Sie kennen?" Er
musterte mich einen Augenblick aufmerksam.
„Ich kenne alle prominenten Personen und SIE
sind mir gänzlich unbekannt!"

„Nun", begann ich zögernd, „ich habe schon
mal ein Buch geschrieben."

Wieder wippte der Detektiv auf und ab. „Aha,
und handelt das Buch von Ihnen selbst, auch
wenn Sie nicht prominent sind?"

„Ja", gab ich verschämt zu. „Es ist nur, weil
mir nichts Besseres eingefallen ist."

„Keine weiteren Erklärungen, bitte." Hercule
musterte mich streng. „Wenn Sie also in einem
Buch vorkommen, obwohl Sie gänzlich unbekannt sind, so muss sich das Machwerk aller
Wahrscheinlichkeit nach in dieser Bibliothek
befinden." Jetzt erinnerte sein Blick an meinen
Mathelehrer, wenn ich die Hausaufgaben zu
offensichtlich abgeschrieben hatte. „Sie wissen
nicht zufällig, wo sich dieses Buch befindet?"
Natürlich wusste ich das, hatte ich doch selbst

ein Exemplar meines bislang zwar gedruckten, doch unverkauften Thrillers in die Krimiabteilung der Bücherei geschmuggelt.

Unter den finstern Blicken der Detektive zog ich das Buch aus dem Regal und überreichte es Hercule. „Wenn Sie einmal einen Blick hinein werfen wollen, es ist nicht schlecht", murmelte ich hoffnungsvoll.

Doch der dachte gar nicht daran. Er nahm mein Werk mit spitzen Fingern an, griff sich in die Tasche und zog ein goldenes Feuerzeug hervor. Ehe ich es verhindern konnte, stand mein Thriller in Flammen, was mich dazu veranlasste, fluchtartig die Krimiabteilung zu verlassen.

Im Moment halte ich mich bei den Earnshows auf, schließlich muss ich darauf achten, dass der belgische Detektiv nicht auch noch meinen gut versteckten Liebesroman findet und verbrennt. Wer weiß, vielleicht gehe ich dann auch in Flammen auf!

**Angie Pfeiffer**

Angie Pfeiffer, 1955 in Gelsenkirchen geboren, schreibt Unterhaltungsliteratur in Form
von Romanen und Kurzgeschichten für Erwachsene sowie Kinderbücher. Außerdem hat
sie zahlreiche Kurzgeschichten in Antholo-
gien, Literaturzeitschriften und der Tagespres-
se veröffentlicht.

**Home: www.angie-pfeiffer.com**

**Nur wer fällt, kann fliegen lernen**
Roman
Tim wünscht sich nichts sehnlicher, als eine ganz normale Beziehung. Das ist leichter gesagt als getan, denn irgendwie gerät er immer an die falschen Frauen ...

**Ruhrpottklüngel**
Roman
Kindheit und Jugend im Herzen des Ruhrgebiets

**Ruhrpott Pärchen**
Roman
Leben und lieben zwischen Emscher und Rhein-Herne-Kanal

**Ruhrpottherzen**
Roman
Ein Buch über Macker und Tussis, Döppken und Blagen, Hallas und Halligalli, Fissematenten, Sperenzke- sund ein ganz schönes Schlamassel.

**Ruhrpottabschied**
Roman
Männersuche per Internet

**Liebesbriefe**
Briefe für ganz besondere Menschen

**@Mail Verkehr**
Roman
Eine humorvolle Liebesgeschichte in E-Mail Form

**Relativ verliebt - Liebe online**
Roman
Liebe per Internet

**Wie lange ist für immer?**
Kurzgeschichten

30 Kurzgeschichten rund um das Ver - und Entlieben.
**Das Buch des Lebens**
Gedichte, Gedanken, kurze Texte

**Dackel Murphys Abenteuer**
Roman
Ein Buch für große und kleine Tierfreunde

**Ein Dackel namens Murphy**
Roman
Ein Buch für Dackelfans, Hundefreunde, Katzenliebhaber und tierliebe Menschen

**Ein Dackel kommt selten allein**
Heitere Kurzgeschichten für Hundefreunde

**Insel über dem Wind**
Kurzgeschichten
Spannende, wissenswerte und amüsante Kurzgeschichten rund um das Verreisen

**Sieben Leben**
Kurzgeschichten
Mörderische Krimis

**Menschen(s)kinder**
Kurzgeschichten
Werden sie denn nie erwachsen

**Küsse niemals einen Frosch**
Kurzgeschichten
Märchen für Erwachsene